中公文庫

新装版

静かな爆弾

吉田修一

中央公論新社

目次

静かな爆弾

I

その公園は、午後の四時半で閉門だった。

知らなかったので、俺はそのまま本を読み続けていた。落ち葉の海に浮かんだ孤島のような、ベンチとも言えない冷たい岩に腰かけて。

「そろそろ〜、門を〜、閉めますので〜」

どこか間延びした声に顔を上げると、「御《ご》観兵《かんぺい》榎《えのき》」と名付けられた樹の向こうに竹《たけ》箒《ぼうき》を持った門番が立っている。

てっきり自分に声をかけてきたのだと思ったが、門番の視線がかすかに右にズレている。視線を追うと、そこに若い女がいた。俺と同じように、ベンチとも言えない冷たい岩に腰かけて。

俺が立ち上がると、門番は自分の声が届いたのだと分かったようで、すぐに踵《きびす》を返して歩いていった。落ち葉を踏む門番の足元は見えるが、その音が聞こえない。文庫本のページに指を挟んだまま、大きく背伸びした。背伸びしながら、まだ岩から腰を上げない女のほうへ目を向けた。

女のいる場所へは、目の前の遊歩道を通っていくしかなかった。間違いなく、女は俺の目の前を通ったはずなのだが、まったく気づかなかった。それほど熱心に本を読んでいたわけでもない。もっと言えば、ほとんど文章は頭に入っていない。さっき小型犬を連れた年配の女性が歩いてきたときには、「御観兵榎」の辺りですでに気がついたのに。

まるで、とつぜんそこに女が現れたようだった。

文庫本をリュックにしまって、横に置いてあった自転車に跨《また》がっても、女は立ち上がろうとしない。遠く門のほうから、さっきの門番が首を伸ばしてこちらの様子を窺《うかが》っている。こちらに聞こえた門番の声が、女に聞こえなかったはずはない。

それほど寒くもなかったが、わざわざ手袋をはめた。女の視界にこちらの動作は映ったはずだが、それでも女に動く気配はない。やはり聞こえなかったのだと思った俺は、「あの」と思い切って声をかけた。

ただ、一瞬ためらったせいか、その声がとても奇妙な感じで響いた。確かに声は出したはずなのに、まるで心の中で呟《つぶや》いた言葉のように前へ飛んで行かなかったのだ。

女は自分の足先を眺めていた。両足を揃《そろ》えてピンと前に突き出し、その爪先をうさぎの耳のように動かしていた。

日はまだ高かったが、鬱蒼《うっそう》と繁った樹々の枝が公園に網のような影を落としていた。神宮外苑という巨大な敷地の中にある、まるで置き忘れられたような小さな公園だった。

「あの」

俺は自転車を漕いで女の前までいくと、改めて声をかけた。

女がゆっくりと顔を上げる。ただ、その目は俺の声ではなく、眼前で自転車が止まったことに驚いているようだった。

「あの、そろそろ閉門時間みたいですよ」

背後を振り返るようにして、早口に言った。俺の肩越しに、女が門のほうへ目を向ける。白く柔らかそうなマフラーから、もっと白い首がかすかに伸びる。

「四時半で閉まるみたいですね」

女の動作があまりにもゆったりしていたので、場つなぎのように言った。

女の視線がまっすぐに俺の口元に向かっていた。こんなにまっすぐ口元を見られるのは初めてだった。口の動きというよりも、まるでそこから出てくる言葉を、じっと見られているようだった。

「す、すいません」

俺は思わず謝って、慌《あわ》ててペダルを漕ごうとした。ただ、あまりにも慌てたせいで足が滑り、危うくペダルで脛《すね》を打ちそうになる。踏み込んだ爪先が、落ち葉と柔らかい土に刺さった。その様子を見て、女がクスッと口の端だけで微笑む。俺はかろうじて微笑み返し、もう一度、門のほうを指差すと、そこに彼女を置いて立ち去った。

今、この瞬間のことを思い起こしてみると、そこにまったく音がない。響子に話しかけた声も、落ち葉を踏んだ音も、公園の外を走る車の音も、そこにはあったはずなのに、まるで額縁の中の絵のように音がない。

響子と二度目に会ったのも、同じ外苑の中だった。まだ二週間ほどしか経っていなかったが、絵画館へ通じるイチョウ並木の葉はすでに落ち、一面に黄色い葉を敷き詰めた歩道には、カメラを手にのんびりと散歩する人々が溢《あふ》れていた。

歩行者を避けながら自転車を漕ぎ、いつもなら権田原《ごんだわら》の交差点へ向かうところを、その日、ふと気が向いて絵画館のほうへハンドルを向けた。暖かい日差しの中、フェンスの向こうのフットサルコートから聞こえてきた歓声に、自然とハンドルが動いてしまったのだ。

フットサルコートの向こうに雨に濡れたような絵画館が見えた。中へ入るつもりはなかったが、久しぶりにからだ全体に日を浴びているような気がして、広々とした場所へ出てみたくなった。

絵画館の入口前に、小さな池があり、小さな女の子が中を覗き込んでいた。父親がそのシャツを摑《つか》み、今にも落ちそうな娘のからだを引っ張っている。

自転車を塀に立てかけて石段に座った。一時間ほど自転車を漕いでいたせいで、からだは火照っていたが、ふとついた手のひらに石段は氷のようだった。

徹夜続きで目が充血しているのが分かった。タバコの煙の充満した地下の編集室にこもり、もう何日もビデオ映像を見続けていた。手に入れたビデオ映像がどれほど価値のあるものなのかは分かっていた。ただ、これをどう扱えばよいのか、いや、この映像にどう近づけばよいのか、まったく見当をつけられずにいた。まだ池を覗き込んでいる小さな女の子を眺めながら、思い切り息を吐き出し、そして胸一杯に冷たい広場の空気を吸い込んだ。

手を後ろで組んだ響子が池の向こうに現れたのは、そのときだった。服装は違ったが、先日と同じ白いマフラーを巻いていた。池のふちを辿《たど》るように歩いてきた響子と目が合った。先日、逃げ出してしまったときとは違い、この日は多少の心構えもできていた。

かぶっていたオレンジ色のニット帽をとって、「御観兵榎」のある公園のほうを指差すと、響子もすぐに思い出したらしく、「ああ」とでも言うようにかすかに頷《うなず》く。そのまま行ってしまうかと思ったが、響子は俺の目の前までやってきた。すぐそこで女の子が池の鯉を見つけて歓声を上げているはずなのに、耳には自分の鼓動しか聞こえなかった。

俺が石段から立ち上がろうとすると、響子は俺の横を指差し、長いスカートを折り曲げるようにして腰を下ろした。

幅二メートルほどの石段をちょうど三等分する辺りに二人で座った。近くもなく、離れてもいない。一番近くて、一番離れているような位置だった。目が合って、お互いに小さく頷いた。俺は、「分かってる」という意味だったが、このとき響子が何を思って頷いたのかは分からない。

俺はとっさに冷たい石段に自分の名前を指で書いた。

「早川俊平」

最初、自分のほうへ向けて書いたので、すぐに手でその文字を消す真似をして、少し斜めに座り直し、彼女に見えやすいように書き直した。書きかけた見えない文字を消したとき、手のひらに石段の砂がついていた。

書き終えると、自分自身を指差した。

彼女はすぐに理解して、石段の同じ場所にその細い指先で、ゆっくりと「響子」と書いた。その文字は、灰色の石にくっきりと浮かんで見えた。

ただ、名乗り合うと、とたんに何もできなくなった。もちろん、「この辺に住んでいるのか？」とか、「天気が良くて気持ちいいですね」とか、探せばいくらでも質問は見つかるのだが、どの質問をするにもまず言葉が必要だった。当たり前と言えば当たり前なのだが、言葉でできていない質問というものが、この世にはないのだと、このとき初めて気がついた。

仕方なく、しばらくのあいだ、二人で池を覗き込む女の子を眺めていた。いよいよ女の子は地面に腹這《はらば》いになり、水面に手を伸ばしている。とつぜん鯉が水面に顔を出し、女の子がビクッと手を引っ込める。そのたびに俺たちは目を合わせて微笑んだ。

このとき、もしもそこに女の子がいなかったら、二人は居たたまれず、すぐに石段から立ち上がっていたのかもしれない。それまで知っていた世界では、交わす言葉がないということは、用がないということを意味していたし、用がないのに一緒にいるのは不自然だった。ただ、無心に鯉に触れようとする女の子の存在が、その不自然を壊してくれた。女の子と鯉は、言葉を交わしているわけではなかった。

ふと思い立って、俺はリュックの中から手帳とペンを取り出した。

「朝から何も食べてなくて。もしよかったら、そこのモスバーガーへ行きませんか？」

一行書くごとに、響子の顔をうかがった。「朝から何も食べてなくて」というところで響子は微笑み、「もしよかったら」と書いた辺りで、少しだけ顔を緊張させた。書き終わると、響子はしばらく手帳の文字を見つめ、おもむろに手を伸ばしてきて、いたずらでもするようにそのページをめくった。前のページには、先日、電話取材したときのメモがあり、中東の地名や人名が、まるで暗号のような乱れた文字で書きなぐってある。

響子は俺の手からペンを取ると、「旅行関係の仕事？」と書いた。手帳を膝の上に置いたままだったので、彼女の筆力がそのまま太ももに伝わってきた。

詳しく説明するのも面倒で、俺はあいまいに頷いた。ペンを置いた彼女が、とても羨ましそうな目でこちらを見ていた。

ハンバーガーを齧《かじ》る真似をすると、響子は頷いた。立ち上がったのは、彼女のほうが先だった。

絵画館前の広場をあとにして、国立競技場脇の坂を下りた。自転車ならそう遠くもないのだが、交わす言葉もなく二人で歩く道は、思ったよりも長かった。

途中、遠くまで歩かせてごめん、と謝りたかった。ただ、ジェスチャーで示すのは難しすぎたし、わざわざ手帳とペンをリュックから取り出すのも面倒だった。

やっと着いたモスバーガーで、響子は器用に注文した。器用というか、世界各国この手の店では注文に言葉などいらないのだと、改めて感じた。

生まれて初めての海外旅行は、大学一年のときの香港だった。たまたま同じ寮に香港からの留学生がおり、彼の夏休みの帰省に同行させてもらったのだ。彼は自宅に泊まっていいと言ってくれたが、ご両親に迷惑もかけるし、夜間、自由に歩き回りたいのもあって、一週間、九龍の安宿に滞在した。

この安宿の近くにマクドナルドがあった。当時、片言の英語さえおぼつかなかった俺は、腹が減るとそこへ行って、テーブルに置かれたメニューを指差した。生まれて初めての海外、まだ十八歳の少年には、魚柳飽と書かれたフィレオフィッシュが、まるで冒険の末に見つけた宝物のようだった。

注文したチキンバーガーを齧りながら、俺は紙ナプキンを広げて、そこに自宅の地図を描いた。響子に訊かれたわけではなかったが、なんとなく手持ち無沙汰から外苑周辺の地図を描き、その道を広げて自宅の位置に☆印をつけたのだ。

「アパート？」

紙ナプキンに響子が書いた。

俺は黙って頷き、「もう五年住んでる」と書いた。

二人の間に会話がないのに、不思議と隣の席で騒ぐ女子高生たちの会話が耳に入ってこなかった。自分たちが静かであればあるほど、周囲はうるさく感じられるはずなのに、響子といればいるほど、周囲の音は消えていった。

外苑周辺を描いた紙ナプキンを、響子はしばらく見つめていた。そして俺のアパートがある場所とは反対側、ちょうど今いるモスバーガーの辺りに指を落とし、何度かコツコツと爪で叩く。

一瞬、何を言いたいのか分からず、「ここ？」と思わず声を出して尋ねた。おそらくテーブルについて初めて出した声だった。

その声に隣のテーブルで騒いでいた女の子が一人、こちらに目を向けた。そして響子が手を振ったり、首を振ったりするのを見て、「ああ、なるほどね」とでも言いたげに、すっと視線を逸らした。

ふと手元を見ると、響子が紙ナプキンに☆印をつけていた。おそらく自宅を教えてくれたのだろうが、そこまでは手描きの地図は広がっておらず、☆印は空白にぽつんと浮かんでいた。

　この日、別れ際に思い切って、「また会えませんか？」というメモを渡した。響子がトイレに立ったときに、こっそりと紙ナプキンに書いた言葉だった。

すでに外へ出ていたが、彼女は一瞬迷って、ペンを催促するジェスチャーをした。リュックからペンを出して彼女に渡すと、響子は店のガラスに紙ナプキンを押しつけ、そこにゆっくりとこう書いた。

「今度の日曜日、午後二時に絵画館の前の池で」

　ガラスの向こうに女子高生たちのグループがいた。薄い紙ナプキンに書かれた文字が見えるのか、一人が首を傾げて読んだあと、すぐに隣の女の子に耳打ちをする。そのとたん、五人が一斉にこちらへ顔を向け、「おー！」と口を丸めて、拍手する。ただ、ガラスの向こうにいる彼女たちの、声だけが聞こえない。

　響子もすぐに女の子たちに気がついた。少しは慌てるかと思ったが、響子は首を傾げて店内を覗いただけだった。

返事の書かれた紙ナプキンをもらい、「ありがとう」と礼を言った。ゆっくりと口を動かせば、音はなくとも通じるらしかった。

「じゃ、日曜日に」

自転車に跨がり、また口をゆっくりと動かした。通じるかと思ったが、響子は眉間《みけん》に皺《しわ》を寄せた。俺はもらった紙ナプキンを改めて広げ、「今度の日曜日〜」と書かれた部分を指差した。響子は大きく一度だけ頷いて、俺が渡る横断歩道の信号が「今、青に変わった」と目で教えてくれた。

「ほら、さっさと服脱げよ。ヤりにきたんだろ」

「何よ！　その言い方！」

「こんなもん、丁寧に言ったって、乱暴に言ったって一緒だよ。ほら、早く。……俺、寝不足なんだよ、さっさとヤって、さっさと寝たいんだよ」

素っ裸でベッドに寝転んでいる俺を、宏美は悔しそうに見下ろしていた。悔しさを必死に押さえ込もうと、無理に笑おうと努力しているようにも見えた。

もう二度も仕事でデートをすっぽかした末に、やっと会えた夜だった。もっと言えば、会いたくてたまらなかったのに、ずっと会えなかった女だった。

「私、今日は帰るから」

宏美はそう言うと、ベッドの端に腰かけた。露になった俺の性器を、乱れた毛布で隠して。

「みんながみんな、したい仕事をしてるわけじゃないじゃない？」

宏美はいつもこちらの返事を求めるような口調で話した。たぶん彼女の癖なのだろうが、ときどきその返事が見つからず、ひどく責められているような気分にさせられた。

「会社員なんだもん、異動だってあるよ」

寝返りを打った背中に、彼女の声が聞こえる。

「私だって……」

「お前の仕事と俺の仕事、一緒にすんなよ！」

まるで駄々っ子をなだめるような宏美の言い草に、思わず声を荒らげた。

「一緒にするなって……、ひどいじゃない」

「違うもんは違うんだから、一緒にできねぇよ」

「だったら、あなたのほうが偉いとでも言いたいの？　私の仕事はあなたの仕事よりレベルが低いって言いたいの？」

宏美がそう言って、ベッドを叩く。マットに押しつけた耳に、スプリングの軋《きし》む音が聞こえる。

うるさい。

心の中で呟いた。

うるさい。

軋むスプリングも、どちらが間違っているか分かっているくせに、しつこく尋ねてくる声も。

うるさい。

こんなことを話したくて、会いたかったわけではない。

「ねぇ、聞いてるの？」

腰を揺する宏美の手を、乱暴に払った。当たりどころが悪く、手首と手首の骨がぶつかり、「ヒッ」と宏美が短い悲鳴を上げた。

振り返って様子をみることも、振り返って謝ることも、簡単なことだった。ただ、そんな簡単なことができない夜もある。

「何すんのよ！」

　痛む手首を押さえて、ベッドから宏美は立ち上がった。人間の一人分の重さが消え、急にベッドの上が広々と感じられる。

「そうやって、ずっと人のことバカにしてればいいのよ。私だって、一生懸命やってるんだから！　そりゃ、あなたみたいに世界を飛び回って、啓蒙的だかなんだか知らないけど、クソ面白くもないドキュメント番組を作る仕事じゃないよ！　だからってあなたに侮辱されるようなことしてないからね！　きれいなアクセサリーをお金を持った人のために売って何が悪いのよ！　世界の不幸を語りながら、あなただってこんないいアパートに住んで、おいしいもの食べてるんじゃない！　自分だけ正義の味方みたいなふりしないで！　それにあなたがクソ面白くもない番組作ったからって、何が変わるっていうのよ！　ねぇ、何が変わったの！　何が変わったか、あるんだったら、言いなさいよ！……ないんじゃない。何もないんじゃない！　何も変えられないくせに偉そうなこと言わないでよ。……そうよ！　そんな毒にも薬にもならないような番組ばっかり作ってたから飛ばされたのよ。ほら、飛ばされる、れっきとした理由があるじゃない。だからよ！　だから、あなたが偉そうに見下げるタレントたちを集めて、バカ騒ぎするような番組を作らされるはめになったのよ。自業自得なのよ！　偉そうなことばっかり言って、人のことバカにして……、これまで人をバカにした分、バカにした人たちからバカにされればいいのよ！」

　宏美はそこまで言うと、「ねぇ、何か言いなさいよ！　言いたいことがあるんだったら言いなさいよ！」と叫んでベッドを蹴った。

　うるさい。

　俺はまた心の中で呟いた。

　うるさい。

　軋むスプリングも、自分が勝者だと分かっているくせに、敗者に負けたことを認めさせたがる声も。

　うるさい。

　もしかすると、こんなことを言われたくて、会いたかったのかもしれない。宏美の口から真実を告げられたくて、俺は素っ裸でベッドに寝ていたのかもしれない。

　宏美はベッドを三度蹴った。一度目から徐々に蹴り方が強くなっていれば、その後の状況は違っていたのではないかと今思う。ただ、残念ながら宏美の蹴り方は、一度目から徐々に力がなくなっていった。

背中を向けたまま返事もしない俺に、宏美は、「私、帰るから」とは言わなかった。「帰るから」とも言わずに帰ってしまった。

帰るから、という言葉には続きがありそうに思える。でも、帰る、という行為にはその続きがない。

そんなに広い部屋ではない。たぶんベッドルームを出て行く足音も、乱暴に閉められたはずの玄関ドアの音も聞こえたはずだ。でもベッドに押しつけた耳には聞こえなかった。

宏美と別れてから、一度だけ街で彼女を見かけた。彼女は赤ん坊を抱いていた。

声をかけてきたのは彼女だった。

「仕事、また前の部署に戻ったんだね」

眠っている赤ん坊のおでこを撫でながら、彼女は言った。

「お前の子？」と尋ねると、「この前、テレビ見てたら、なんだか面白くもないドキュメント番組にあなたの名前が出てた」と笑った。

「どこ行くの?」と訊くと、「日に灼《や》けてるね」と言う。

「まだ、あのアパートに住んでるよ」

訊かれてもいないことを教えた。

彼女は無表情のまま、「じゃ、そろそろ行くね」と言った。あ

付き合っていたときのように、こちらの返事を求めるような口調ではなかった。あれは彼女の癖ではなかったのだ。

赤ん坊を抱いて雑踏に消えていく彼女の背中を、しばらく見送った。彼女となら幸せになれると思ったこともあった。彼女の後ろ姿は、まさにそのときに空想していた彼女の姿だった。

正直、バカな男だと思った。自分で自分のことをバカな男だなどと悦に入っている男ほどバカな男はないが、それでも、どうしても、そう思わずにはいられなかった。

日曜日、約束の時間に絵画館前へ行くと、すでに響子が池を眺めて立っていた。一瞬、こっそりと近寄って驚かそうかと思ったが、響子にこっそりと近づくことなどできないことに気がついた。

自転車を降り、塀に立てかけると、サドルが石塀にぶつかる。歩き出せば、靴音がし、ジャケットのポケットで鍵が鳴る。

響子の匂いが嗅《か》げるくらいまで近づいて、人差し指でその細い肩を叩いた。ふつうならビクッとするところだろうが、響子はいたって落ち着いており、振り向く前から自分の背後の風景がすべて見えていたような笑顔を浮かべた。

響子には、世の中のすべてのものがこっそりと近づいてくるのだ。

会釈すると、響子は頷いた。こんにちは、と言ったようにも見えたし、よろしく、と言っているようにも見えた。

イチョウ並木のほうから冷たい風が駆けてきて、池の水面に波紋が広がる。中途半端な時間だった。「昼メシはもう食べたか？」という意味で、おなかを押さえるジェスチャーをしてみた。だが、腹が痛いと伝わってしまったらしく、響子の表情に不安がよぎり、俺は慌てて丼メシを口に掻《か》き込む真似をした。そのとき響子がバッグから単語帳を取り出した。学生のころ、英単語を覚えるのに使うようなやつだった。響子はそれを器用に捲《めく》ると、「口の動きである程度なら分かります。ゆっくり話して下さい」と書かれたカードを見せてくれた。

単語帳には使い込んだらしい風格があった。この分厚い単語帳に書かれている文章を全部読んでみたいと思った。

「お昼ごはん、食べましたか？　俺、まだ食べてなくて」

ゆっくりと口を動かすと、無意識にジェスチャーゲームでもするように手が動いてしまう。

この日、二人で青山通りにあるそば屋に行った。

とりあえず青山に出れば、何かしゃれたレストランがあるだろうと歩き出したのだが、イチョウ並木を過ぎ、表参道方面へ歩いていく途中で、響子が指差したのが、まったくしゃれていないそば屋だったのだ。

「ここ？　ここでいいの？」

思わずそう尋ねると、響子は二度大きく頷き、俺の手を引いて店に入った。

響子はてんぷらそばを注文した。そして、ざるそばと天丼のミニセットではなく、それぞれ単品を注文する俺を見て、バッグからペンを取り出すと、「大食漢」と、テーブルに置かれた紙ナプキンに書いた。

「これくらい普通だよ」と俺は笑った。

その口の動きを見て、「お酒も飲む？」と響子が紙ナプキンに書く。

「うん。かなり飲む」と頷いた。響子は握っていたペンで、「私も」とでも言うように自分のほうを指してみせた。

二階の窓から青山通りが見渡せた。ガラス一枚だけなのに、通りの音が聞こえなかった。景色はまるで音量を下げたテレビのように流れている。歩道橋に書かれた文字や看板の文字が、まるで互いに会話をしているように見えた。

運ばれてきたそばを、響子はまったく音を立てずに食べた。決して啜《すす》らず、何度も箸《はし》を動かして麺を口の中に運んでいく。

もしもこれが別の女であれば、「そばなんだから、もっとズルズル食えよ」と言いたくなったと思う。ただ、響子はどれくらい自分がズルズルと音を立てているのか分からないのだ。母親にきつく躾《しつ》けられている、幼い響子の姿が浮かんだ。

そば屋を出て、しばらく青山の裏通りを歩いたあと、日の当たったテラス席がある喫茶店でお茶を飲んだ。

ずっと喫茶店を探しながら歩いていたのだが、どこも混んでいて、テーブルとテーブルの間も狭く、そこでメモのやりとりをする自分たちの姿を想像すると、なんとなく店に入る気持ちが失せた。

やっと見つけた喫茶店のテラス席には、他に客がいなかった。テーブルの横にはストーブが置かれ、響子のために店員が膝かけを持ってきてくれた。

「すいません、紙ナプキンありますか？」

その店員に頼むと、目の前で響子が拍手をする真似をした。二人のやりとりを店員の女の子が不思議そうな目で見ていた。

響子を初めてアパートに呼んだのは、もう外苑のイチョウも完全に散り、清掃された歩道に手袋の落とし物があるような時期だった。

それまでに三回ほど彼女とデートしていた。食事もした。喫茶店に何度も入った。そして字幕の出る映画も観た。

彼女が以前勤めていた会社で何やら嫌なことがあり、現在は無職で、両親と共に暮らしていることや、耳が聞こえなくなったのが小学二年生のときだったことなど、ぽつりぽつりと交換される紙ナプキンのメモで知った。

その日、待ち合わせたのは千駄ケ谷の駅前だった。約束の時間に行くと、やはり彼女は先に来ていて、両手にスーパーのビニール袋を提げていた。

前回の別れ際、「家に土鍋ある？」と訊いてきたのは彼女だった。

「土鍋× すき焼き用鉄鍋○」と書いた紙ナプキンを渡していた。

駅前に立つ彼女は、片手に土鍋の入ったビニール袋を持ち、もう片方には食材が入っていた。

駅からの坂道を、響子から受け取ったビニール袋を提げて歩いた。代わりにこちらの自転車を響子が押してくれる。いつもは気にもならないのに、チェーンが空回りする音が夜道に響く。

アパートに着くと、自転車と一緒に小さなエレベーターに乗り込んだ。いつもなら余裕があるのに、響子と二つのビニール袋でほとんど隙間がなかった。

部屋に入ると、響子はすぐにベランダに出た。エアコンの室外機が置かれただけの狭いベランダで、通りの向こうには別のビルが建っている。

「景色、よくないだろ？」

響子の背中に思わず声をかけた。

俺はサッシの敷居に立っていた。そこにいるのに、響子は振り返らなかった。

ベランダへ出て、横に並ぶと、響子が向かいのビルを指差す。何かと思って視線を向ければ、正面にある玄関脇に小さな鉢植えが並んでおり、その一つ一つに赤い花が咲いている。

もう五年以上もこの部屋に住んでいた。もう何百回もこのベランダでタバコを吸っていた。それなのに一度も、鉢植えの赤い花に気づかなかった。

花を眺める俺を置いて、響子は部屋へ戻ると、ビニール袋を提げて台所へ向かった。部屋から響子の立てる乾いた足音が聞こえた。たかが足音だったが、まるで自分の部屋ではないような気がした。

響子が手紙を見つけたのは、下ごしらえを終わらせて、ごはんが炊けるのを待つあいだに、少しソファで休んでいるときだった。

当然だが、響子は一言もしゃべらずに下ごしらえをした。白菜を切り、切り身の魚をこね、何度も出汁《だし》の味見をした。その様子を俺はじっと横で見ていた。

手際よく揃えられていく食材の横で、響子はこまめに食器を洗い、棚から茶碗や皿を取り出した。水音、包丁がまな板を叩く音、出汁をとる鍋が沸騰する音、そこにはさまざまな音があるはずなのに、あまりにも響子の手際がよいせいか、まるで無音の中で、ただ彼女の手だけが忙しく動いているようだった。

一休みしてソファに腰かけた響子は、テーブルの上に投げ置いていたその手紙を見つけた。身を屈《かが》め、テーブルへ伸ばされた彼女の指先に、その手紙があることに気がついて、俺は思わず、「あ、それは……」と引ったくった。

一瞬、響子は怯《おび》えたようにからだを固くした。すぐに弁解しようと思ったのだが、簡単に説明できるようなことではない。

その手紙には、「お前のせいで人生が台無しになった。一生恨んでやる」という罵《ば》詈《り》が書き連ねてあったのだ。

半年ほど前に医療過誤を巡るドキュメンタリー番組を作った。そこに登場する医師の家族からの手紙だった。差出人の名前もあり、「脅迫で訴えるなら、いつでも訴えろ」とも書かれてあった。いつものように正義を盾に、悪を暴こうとして、盾にした正義のもろさを思い知らされる手紙だった。

怯える響子に、何か説明しなければならなかった。俺は近くにあった新聞のチラシに、番組の内容やこの手紙の差出人の素性を書こうとした。ただ、いざ書こうとすると、何からどう書けばいいのか分からない。

しばらく迷って、「これが俺の仕事なんだ」と書いた。ふと、響子にその脅迫状を読んでもらいたくなったのだと思う。

手渡した手紙を、響子はゆっくりと読んだ。一行読むたびに、こちらへ目を向け、「大丈夫」とでも言うように頷いた。

ちょうど読み終わったころ、炊飯器のスイッチが切れた。

台所のほうを指差して、また丼メシを掻き込む真似をすると、彼女は読み終えた手紙を畳み、さっき俺が使おうとした新聞のチラシに、

「みんなを幸せにするのは無理よ」

と書いた。

書き終えると、響子はすっと立って台所へ向かった。俺は彼女が置いていったチラシの文字をもう一度読んだ。

最初はとても冷たい言葉にも思えたが、読み返せば読み返すほど、それはとても悲しい言葉になった。

同僚の諏訪から電話がかかってきたのは、鍋の中身も半分ほどなくなったころだった。一瞬、無視しようかとも思ったのだが、たまたま携帯がテーブルに置いてあって、点滅する緑色のランプに響子も気がついた。

生まれ育った家庭環境のせいか、静かなところで食事をするのが苦手で、普段は基本的にテレビをつける。これまで付き合った女の中には、それを極端に嫌う者もいた。響子が鍋のふたを取ろうとしたとき、つい癖でテレビのリモコンを握ってしまった。ただ、テレビをつけたところでその音が響子に聞こえるわけではない。おまけに響子はテレビに背を向けて座っているので、映像が見えるわけでもない。

これまで付き合ってきた女たちには邪魔になるものが、響子には邪魔にならない。ふとそう考えて、俺はスイッチを入れずにリモコンを置いた。たとえ同じ部屋にいたとしても、響子が生きる世界と自分の世界が、まったく別なのだと肌で感じた瞬間だった。

携帯のランプが点滅したとき、響子が、「出れば」とでも言うような顔をした。

「ちょっと、ごめん」

俺は携帯を手に取った。

「もしもし」

響子の目の前で、まるでこそこそと内緒話を始めたような気がした。聞かれても何の支障もない電話なのに、そんな気持ちがなぜか後ろめたかった。

「あ、もしもし！　早川か、俺だ、俺！」

音のなかった世界に、とつぜん乱暴な声が飛び込んでくる。日ごろ、聞き慣れた諏訪の声とはいえ、人間の声というものは、実はひどく野蛮なものだったのかもしれない。

「今、どこだ？」

妙に切迫した諏訪の声に、何か摑んだのだろうと直感した。思わず椅子から立ち上がって、「家だよ、家でメシ食ってる」と答えると、「メシ？　メシなんか食ってる場合じゃねぇって、今、保科さんから電話あった！」と諏訪が怒鳴る。

「保科さんから？　なんだって？」

「手に入ったってよ。例のビデオの完全コピーが手に入ったって。今、タクシーでこっちに向かってもらってる。お前もすぐ来いよ！」

気がつくと、携帯を握った手が震えていた。

「ああ、行く。すぐ行く」

思わずそう叫んで、電話を切った。目の前で何事もなかったように、響子が豆腐を箸で摘んでいる。

「あ……」

一瞬、携帯を握り直した。ただ、諏訪に掛け直したところで、「悪い、今、行けないんだ」などと言えるはずもない。

電話中、こちらに目を向けていなかったようで、響子は少しきょとんとした顔で俺を見上げていた。諏訪の切迫感、そしてそれが伝染した俺の切迫感も、音がなければうまく伝わらないらしい。

「ごめん」

俺は手を合わせ、声に出してそう言った。響子が持っていた小鉢を置き、ちょっと姿勢を正す。

テーブルの端に置かれたメモ帳に、「ごめん。仕事でこれから急に出かけなきゃいけなくなった。数時間かかると思う。合鍵を渡しておくから、ここでゆっくり食べて、もし俺の帰りが遅くなりそうだったら、その鍵を使って下さい」と殴り書きした。

響子はその文章を最後まで読まずに、慌てた様子で立ち上がり、「大丈夫、分かったから」とでも言うように、俺の背中を押してくれた。

「ごめん」

俺はもう一度手を合わせた。

「本当にごめん」

もう一度そう言って、俺はソファに投げ出してあったリュックを背負うと、寝室に入って合鍵を出し、それを響子の手に握らせた。

響子がこちらを安心させるようにゆっくりと微笑む。言葉を使えないことで、響子の笑顔は本当にいろんな言葉を語る。

スニーカーの紐《ひも》を結ぶ余裕もなく、俺は玄関を飛び出した。いつもなら背後で閉まるはずの玄関が閉まらない。振り返ると、ドアを押さえて響子が立っている。廊下にスリッパも履《は》いてない響子の片足が出ている。客用のスリッパさえなかったことに、そのときになってやっと気づいた。

この夜、ビデオテープを持参してくれた保科は、当時アフガニスタンで活躍していたあるNPOの代表だった。以前から親交があり、東京で会うときには仕事の話などそっちのけで、お互いに好きな映画や小説の話などを新宿のゴールデン街で深酒しながら延々と続けるほうが多かったのだが、いざ仕事となると、俺などには到底手の届かないところから、貴重な情報を手に入れてくれる。

「誰かの幸せのために、誰かが犠牲になるべきではない」

突き詰めれば、これが互いの共通認識だった。もちろん、これが青臭い意見だということも分かっている。ただ、そこを忘れてしまうと、自分がどこへ歩いていけばいいのかさえ分からなくなってしまう。

タクシーで会社の夜間口に着くと、エレベーターを待つのももどかしく、狭い非常階段を二段飛ばしで駆け上がった。

息を切らせて入った三階のオフィスに諏訪と保科の姿はなく、誰もいないがらんとしたフロアは、もう何十年も前から染み付いているタバコと汗の匂いだけがする。

地下へ降りて、明かりの漏れる編集室へ駆け寄り、ドアをノックした。中から何やら騒々しい音が聞こえる。返事を待ちきれずにドアを開けると、古い合成革のソファに諏訪と保科が向かい合っており、正面に並んだ三つのモニターに、土埃《つちぼこり》の中、黒いターバンを巻いた兵士たちが慌ただしく動き回る映像が映っている。

「お、来たか？」

　諏訪に声をかけられたが、モニターから目を離せなかった。ほとんど手探りで空いているソファまで進み、視線をモニターに向けたまま座り込む。

「ほら、あれだよ、ああやって爆薬を崖の上まで運んでるんだ」

　横に座って、同じようにモニターから視線は離さない保科が言う。

「このまま、この映像が続くんですか？」

　そう尋ねると、手にしたリモコンで画面右下に出たタイマーを指した保科が、「いや、この日の映像があと五分くらい続いて、そのあとに翌日の爆破映像が入ってる」と、沈んだ声で答える。

「でも、これ、かなり近くから撮ってますよね？」

　ほとんど右端のモニターに鼻を擦りつけるような体勢で諏訪が尋ねる。

「一人だけ、許可されて現場に入ったカメラマンがいるっていう噂《うわさ》だけは聞いてたんだけど、まさかその映像が欠損なしの状態で手に入るとは思ってもなかったよ」

保科の感慨深い声を聞きながら、着々と断崖の上へ爆薬が吊り上げられる様子を見つめた。赤い土埃の舞う向こう側、爆薬を吊るしたロープが大きく風に揺れている。

大仏遺跡爆破後の映像は、すでにＣＮＮで見ていた。今、見ている風景が、このまま見ていれば、数分後にはあの爆破後の風景に変わるのかと思うと、思わずリモコンで目の前の映像を消してしまいたくなる。

保科が言った通り、映像はとつぜんブツッと断ち切れた。しばらくモニターに砂嵐が続く。テーブルに置かれていた缶コーヒーを開け、一瞬でも見逃さぬように、モニターを見つめたまま一口飲んだ。

「そろそろだよ」

ソファの上で座り直した保科が、静かな声でそう言った。

狭い編集室を出て、諏訪のデスクを囲んでいた。すでにビデオを見終えて三〇分近くが経っていたが、針山のような灰皿に突き刺される吸い殻の数が増えるだけで、ほとんど交わされる言葉はなかった。

「さて、これをどうまとめていくか……」

申し訳程度に諏訪が会話の糸口をたぐろうとするのだが、そのあとが続かない。衝撃的な爆破シーンに、三人の男がすっかり言葉を奪われていた。

見知らぬ番号から携帯に連絡が入ったのはそのときだった。表示された番号を眺めながら電話に出ると、やはり聞き覚えのない男の声で、「もしもし、早川俊平さんの携帯でよろしいでしょうか？」と事務的に尋ねられた。

「はい、早川ですが」

「実はさきほど早川様のご自宅の警報装置が作動しまして……」

「え？」

予期せぬ言葉に思わず声が上ずった。

「はい、すでに警備員が到着しております。ただ……、中にどなたかいらっしゃるようで……」

そこまで言われて、部屋に残してきた響子を思い出した。

「あ、ああ。その人はその……、私のお客さんで……」

こちらを見ている諏訪と保科から少し離れてそう言った。女性とはいえ、確かに警報器が鳴った部屋に、住人以外の者がいれば不審に思われるのだろう。おまけにうちの警報システムは、性能がいいのか、融通がきかないのか、ちょっとドアを開けただけでも鳴り出すことがある。

「ええ。そのように私どもは判断したのですが、その方がドアにチェーンをかけたまま、奥に隠れてしまっておりまして、いくら呼びかけても出てきてもらえないんです。一応、こちらとしましても、そのお客様の確認だけはさせてもらわないと帰るわけにもいきませんので……」

受話器から聞こえるやけにのんびりとした男の声を聞きながら、音のない世界で、無理にドアを開けようとする男の手、その隙間から乱暴に何かを叫ぶ男の口元が浮かび、タイミング悪く響子に見せてしまった脅迫状の文面が重なった。

「み、耳が聞こえないんですよ、彼女！」

思わず電話の男に怒鳴っていた。

「何も聞こえないんだよ、彼女！　とつぜん知らない男が押しかけて、ドアを開けろって騒いだら……」

とつぜん豹変《ひょうへん》したこちらの態度に、受話器の向こうで男が息を呑むのが分かった。

「とにかく、これからすぐに家へ戻りますから、ドアを乱暴に叩いたりしないで下さい！　いや、ドアから離れててくれ」

そこまで言うと、俺は電話を切った。諏訪と保科がぽかんと口を開けて見ていたが、「ごめん、ちょっと帰って、また戻る」とだけ伝えて部屋を飛び出した。

千駄ヶ谷へ向かうタクシーの中、初めて来た男の部屋に取り残されて、見知らぬ男たちに無理やりドアを開けられようとする響子の恐怖が、まるで我がことのように感じられた。相手がどんなにやさしい言葉で声をかけても、そのやさしさが響子の世界には通じないのだ。

タクシーを降りて、アパートのエレベーターに飛び込んだ。ドアが開くと、すぐ目の前に制服姿の男が二人立っている。

「早川です」

短く挨拶すると、二人の顔にほっとしたような安堵《あんど》が浮かぶ。二人とも、特に凶暴な顔をしているわけではない。ただ、どんな顔をしていても、男が二人、見知らぬ男が二人、とつぜんやってきたことには違いはない。

ドアにはチェーンがかかっていた。ドアの隙間に顔を押しつけ、大声で響子の名前を呼ぼうとして、思わず膝から力が抜けた。自分も背後に立つ男二人と変わりがなかったのだ。ここでどんなに叫んでも、隠れてしまった響子には俺の声は届かない。思わずドアを殴りつけそうになった。ただ、振動は響子に伝わるかもしれない。伝われば、ますます響子を不安にさせる。

何か自分が自分であることを証明できるものがないかと、全身を見回した。自分の身につけているもので、響子がすでに見たことのあるもの。それを廊下の向こうに投げ込めば、響子の目に触れるかもしれない。

リュックは大きすぎて入らない。コートを脱いだところで遠くまでは飛ばせない。イライラして、思わず頭を抱え込んだ。そのとき手のひらに帽子が触れた。響子と会うときはいつもこのオレンジ色のニット帽をかぶっていた。これならば俺が今、ここにいると証明できるかもしれない。

ドアの隙間に腕を突っ込み、できるだけ遠くまで飛んでくれと祈って投げた。オレンジ色のニット帽が埃っぽい廊下を滑っていく。

「頼む。気づいてくれ」

心の中で祈った。

「ごめん、一人で残して。俺は、まだあなたの世界を理解していなかった。理解していると思い込んでいただけだ。ちょっと想像すれば分かったのに、それができなかった……」

廊下の先で、オレンジ色のニット帽が止まる。こんなにも、誰かを遠く感じたことはなかった。

数十秒後、廊下に白い手が伸びてきた。白い手がゆっくりとオレンジ色のニット帽を摑む。

Ⅱ

午前中、響子と二人で桜を見に行った。

前の晩も帰りが遅かったので、昼過ぎまで寝ているつもりだったのだが、先に目を覚ました響子が寝室の窓を開け、そこから春の風が吹き込んだ。

春風は強く、一瞬、膨らんだカーテンが響子のからだを包んだように見えた。暖かい風に、深く枕に沈み込んでいた頭が、そっと手のひらで掬い上げられるようだった。

ベッドから足を伸ばして、外を眺める響子の尻に軽く触れた。

まだ寝ていると思っていたのか、ちょっと驚いた彼女が振り返り、「ごめん」とでも言うように手を合わせる。

俺は、「いや、大丈夫」とでも言うように枕の上で首を振り、毛布から出した左の手のひらに、やはり毛布から出した右手の人差し指で、

「桜」

と一文字大きく書いた。

彼女が首を傾げるので、

「花見、行かない？」

と大きく口を動かした。

理解した彼女が、ちらっと時計を見て、なぜか少し悩んでから、「うん」と小さく頷く。

また風が吹き込み、カーテンが千切れんばかりに孕《はら》む。まるで風に飛ばされた風船を摑もうとするかのように、響子が背伸びしてそれを摑む。

昨夜、寝る前に飲み干したオレンジジュースのペットボトルが、風に倒れて床を転がる。そのカラカラと乾いた音が、妙に風の暖かさを伝えてくる。

カーテンをまとめると、響子は窓を閉めて寝室を出て行った。音楽が流れていたわけでもないのに、響子の姿がなくなると、急に部屋の中がシンとする。

こうやって響子と週末の朝を迎えるようになって、すでに三ヶ月が経つ。どちらかと言えば、以前は女との同棲を躊躇《ちゅうちょ》するところがあったのだが、最近ではこういう週末が続く生活を、仕事中ふと想像してニヤニヤしていることもある。生活にメリハリがつくというのか、以前は平日であろうが週末であろうが、この1LDKの部屋は仕事の合間に、誰にも邪魔されない睡眠をとる場所でしかなかった。眠るための部屋。一人きりになれる部屋。だからこそ俺は、それまで女との同棲を躊躇するきらいがあったのだと思う。

響子は金曜日の夜に来て、月曜日に帰ることが多かった。

「毎週、三泊四日で旅行に来てるみたい」だと、あるとき紙に書いてみせてくれたことがある。

すでに合鍵は渡してあったので、

「いつでもいていいのに」

と紙に書くと、響子は少しおどけた顔をして、

「ずっといると、ここに来れなくなるじゃない」

と書いた紙を差し出してきた。

「ここに来たいんだ？　いたいんじゃなくて」と俺は書いた。

響子はしばらく迷ってから、

「今のところは」

と、メモ帳の本当に隅っこに小さな文字で書いた。

このころ、お互いの言葉を伝えるのに、彼女が無印良品で買ってきたメモ帳を使っていた。大きくはなかったが、電話帳の半分ほどの厚みがあった。最初は書いたら破って捨てていた。それがいつの間にか、わざわざ千切るのが面倒になり、さっと指で開いたページに何か書き、相手に見せるとまたページを閉じるだけになった。

メモ帳をパラパラと捲ると、まったく繋がりのない言葉が次々と現れる。

「明日　歯医者　何時から？」

「江戸川乱歩　パノラマ島奇譚」

「来週で大丈夫」

「リンゴだけ」

「絶対　いやだ！」

「そこのスーパー　ポイントカードがあるの？」

もちろん続けて読み返してみたところで、何がなんだか分からないのだが、不思議なものでその一言一言を見るだけで、それがどんな状況で書かれた言葉なのか、そのときの響子や自分がどんな表情をしていたのか、はっきりと今でも思い出せる。

「絶対　いやだ！」

たとえば、これは響子が赤いボールペンで書いた。

何が絶対にいやだったかと言えば、当時、近所でよく見かけるようになっていた野良猫に子供が生まれたらしく、どこからともなく、「ミャーミャー」と鳴き声が聞こえていた。アパートの管理組合は総出で子猫捜索に乗り出していた。その誘いというか、密告を促す回覧板への感想が、この赤い文字だった。

その野良猫を初めて見かけたのは、響子と近所のスーパーに買い物に行った帰りだった。夕食用の食材を提げてアパートのエントランスへ入ろうとすると、ふと背後から猫の鳴き声が聞こえた。振り返った俺につられて、響子も振り返る。

「ついてきたのかな？」

ゆっくりと口を動かすと、響子は今歩いてきた緩やかな坂道のほうへ目を向けた。

いくぶん白が多い三毛猫で、その細い首を伸ばして、「ミャーミャー」と何かをねだるように鳴く。

無視してエントランスへ入ろうとすると、すっと響子が俺の手からスーパーのビニール袋を奪い、中から安売りしていたハムを引っ張り出す。

響子はハムを野良猫にあげるんだろうな、と分かった。

そして、正直、ちょっと嫌な気がした。どう説明すればいいのか分からないが、そんな響子の態度が偽善的すぎるように見えたのだと思う。

響子はこちらの気持ちも知らずに、パックを開けると、手で小さく千切ったハムを野良猫に与えた。目の前に置かれたハムを、野良猫が少し警戒しながら匂いを嗅ぎ、とつぜん気を許したように齧りつく。

両前足を使ってハムを噛《か》み切る野良猫の様子を、しばらくの間、響子は微笑んで眺めていた。

「行こう」

腕を引くと、響子はもう一枚ハムを与えてから、その場を離れた。

もしもここで会話ができたなら、たとえば、「一度だけハムをやったって、野良猫はまたすぐに腹が減るんだぞ」などと、彼女の行為が偽善的だと遠回しに伝えていたのかもしれない。ただ、そこにメモ帳がない場合、遠回しに何かを伝えることは難しく、最小限の言葉を選ばなければならなくなる。そしてこの場合は「偽善的」という一言になる。しかし、この言葉だけを使ったところで、こちらの気持ちはほとんど相手に伝わらない。もっと言えば、相手を批難するだけの言葉になりかねない。そう、響子を批難したいわけではないのだ。

最小限の言葉。

少なければ少ないほど、相手へ確実に届く言葉。響子と付き合うようになって、俺はそんなことをよく考えるようになっていた。

結局、何も言わずに部屋へ戻った。スーパーのビニール袋から食材を取り出していると、響子がふと思い出したようにメモ帳を持ってきて、熱心に何やら長い文章を書く。横から覗き込もうかとも思ったが、書き終わるのを待つことにして食材を冷蔵庫に詰めていった。

響子が長い文章を書き終えたのは、食材を冷蔵庫に詰め終わり、米を洗って炊飯器にセットしたあとだった。濡れた手をタオルで拭きながら居間へ向かうと、たった今、書き終えたばかりらしいものをこちらの目の前に突きつけてくる。

「何？」

かなりの量だったので、少し警戒してそう訊いた。響子が、いいから読め、とばかりにメモ帳を突きつける。

小学生のころ、元日にうちにホームレスっていうのかな、そういう人がとつぜん訪ねてきたことがあるんだって。そのときうちにはお母さんしかいなくて、お母さん、最初は追い返そうかとも思ったんだけど、妙にそのホームレスのおじさんの顔が愛くるしかったもんだから、五百円だか、千円渡してあげたんだって。お正月だし、お年玉のつもりで。

それから数日後に、お母さんと遊び半分でデパートの占いコーナーに入ったの。そしたら、そこの占い師が、お母さんの顔を見たとたん、「あんたは最近神様に会ってる」って。「せっかく会いにきてくれた神様にちゃんとしてあげたか？」って言うのよ。

お母さん、いくら考えても神様を見たなんて記憶なかったし、どうせてきとうなことを言ってるんだろうって思ってたんだけど、その占い師が次々に神様らしき人の特徴を挙げていったの。

お母さん、それを聞いてるうちに、「間違いない。間違いなく、元日の夕方にうちにきた、あのホームレスのおじさんだ」って分かったらしいの。

お母さんはそのことを占い師には言わなかったんだけど、帰りの電車の中でとにかく興奮して私に教えてくれて。

「神様なんていつ来るか分からないんだから、響子も用心してなきゃいけないよ」って。

なんだかヘンな言い方だけど、私、妙にそのときのお母さんの言葉が忘れられなくて。

……だから、じゃないんだけど、ほら、さっき野良猫にハムをあげたでしょ？　あれもそういう気持ちからっていうか……、ああいう野良猫なんかを見るとつい、「もしかすると、こいつは神様かもしれないぞ、用心、用心」って思っちゃうのよね。

（笑）

読み終えて響子を見ると、なぜか誇らしげに頷いていた。まるであの野良猫が本当に神様で、自分がいいことをしたのだと言わんばかりに。

その表情があまりに確信に満ちていたので、俺は思わず声を上げて笑ってしまった。バカげた話だと、心の中では思っているのだが、そのあまりに確信ありげな彼女の顔に、つい気持ちが緩んでしまった。

響子はこちらが長い文章を読み終えると、さっさと台所へ入って食事の準備に取りかかった。何を作るつもりなのか、大小の鍋を棚から取り出す。

そんな響子の背中を眺めながら、ふと「偽善的」という言葉と、「神様かもしれないぞ、用心、用心」という彼女の文字が重なった。

野良猫にハムをやる。同じ行為のはずなのに、考え方次第でまったく別ものに思える。

施してやる。

施させてもらう。

施してやる。

施させてもらう。

何度か繰り返していると、聞こえるはずもないのに、響子がふとこちらを振り返り、「何?」とでも問うような顔をした。

俺は、「いや、なんでもないよ」と首を振って、握っていたメモ帳をテーブルに投げ置いた。

響子と週末を一緒に過ごすようになって、一つ気がついたことがある。それはとても幸せな光景で、もしかすると、響子のそういうところが俺は好きでたまらなかったのではないかと思う。

響子はよく眠るのだ。

たとえば、日曜日の午前中に散歩へ出かける。外苑を抜けて青山のほうへ向かい、そこで小さなカフェに入り、ちょっと遅めの、またはちょっと早めの昼食をとる。その後、渋谷まで足をのばして映画を見てもいいし、青山界隈をぶらぶらと歩いてもいい。とにかく外で数時間過ごしてアパートへ戻ると、まるでそれが決まりのように、響子は昼寝をするためにベッドへ向かった。

「ちょっと昼寝していい？」

初めて響子からそう書かれたメモを見せられたとき、正直、どこか具合が悪いのではないかと思った。

実際、「大丈夫？」とメモに書いて返した。

響子はメモに書かれたその言葉をしばらく眺め、「え？　何が大丈夫なの？」とでも言いたげな顔で、首を傾げてこちらを見つめた。

「昼寝するって言うから」と俺は書いた。

響子が、「そう。昼寝」とでも言うように、首を傾げたまま頷く。

「普通の昼寝？」

そう書いたメモを渡すと、響子が笑いをこらえるように、

「普通じゃない昼寝って、どんなのよ？」

とメモ帳に走り書きする。

そう書かれたメモを受け取って、たしかにそうだな、と思った。

何も、眠るという行為は特別なことではない。しかし俺には一応、デート中だという意識があったのだと思う。それを中断させるのだから、それなりの理由があるのだろうと。

響子に首を傾げられて、正直、眠るという行為を見直した。というと少し大げさだが、とにかく最近自分が、眠りたいから眠るのではなく、眠らなくてはならないとい

う気持ちから睡眠をとっていたように感じた。

「それで？　私は眠ってもいいの？」

響子がふざけてそんなメモを渡してくる。

「どうぞ。好きなだけ」

そう書いて渡した。

響子が満足したように、また、どこか納得いかないような顔をして、窓からの日を浴びたベッドへ向かう。

なんとなくそのあとをついていった。

響子が毛布を剥《は》いで中に潜り込み、「一緒にどうぞ」とでも言うように片手で毛布を上げてみせる。

「いや、いい」と首をふった。

「昼寝をすると、頭が痛くなるんだ」と言おうと思ったが、なんとなく言いそびれてしまった。

響子はすぐに寝返りを打って、こちらに背を向けた。

そばにいると気になって眠れないだろうな、と部屋を出て行こうと思った。そのとき、ふとあることに気がついた。

うるさくて眠れないことがある。逆に静かすぎて妙に目が冴えてしまう夜がある。

しかし、響子にはそれがないのだ、ということに。

もっと言えば、響子には眠りを妨げる音がない。うるさかろうが、静かすぎようが、そこに二つの世界を遮る境がないのだ。

こちらに背を向けた響子のからだをしばらく眺めていた。ここに俺がまだ立っていることを知っているのか、知らないのか、その背中が規則正しく上下する。

昼寝をする響子の姿を眺めていると、もしかすると、これが響子の目に映る世界なのかもしれないと思う。言葉ではうまく説明できないが、とにかくこの光景が、響子が知る世界の姿なのではないかと。夜間の睡眠とは間違いなく質が違う。それほど深くなく、とてもおだやかで、とても平和そうな世界……。そう、平和のイメージ。とても凡庸な平和のイメージに、どこか似ている。隣の部屋で響子が眠っているのだと思うだけで、それはこちらにもはっきりと伝わってくる。半分、一緒にいるようで、半分、そこにいない感じ、とでも言えばいいのか、いるのにいない。

いないのに、いる。

もしくは、あるようで、ない。

ないようで、ある何か……。

ちょうどこのころ、大学時代の友人たちが集まる機会があった。

名目としては、翌月に結婚する岩田という男を祝う会だったのだが、数時間に及ぶ飲み会で、その話が出たのは最初の三〇分だけで、あとはまるで時間が大学時代に戻ったような雰囲気だった。

場所は御茶ノ水の居酒屋だった。残念ながら学生時代によく通っていた店はすでに潰れてしまっていたが、久しぶりに気分よく酔って歩く街並みは、昔の匂いがたしかにしていた。

集まったのは男ばかり七人だった。すでに結婚している者も一人いたが、あとはそれぞれ仕事を持った、働き盛りの独身男たちだった。

「最近、また何か見つけたって？」

たまたま隣り合わせた高井という男に、とつぜん話をふられたのは、みんながそこそこ酔い始めていたときだった。

一瞬、何のことだか分からずに、刺身に伸ばしていた箸を止めると、「ほら、昔、赤十字かどっかにいて、五年くらい前になんとかっていうＮＰＯの団体を立ち上げた保科さん、あの人、俺ちょっと、知ってんだよな」と、探るような目を向けてくる。

「保科さん？」

俺はまずとぼけてみて、相手の出方を窺った。

「ちょっと知ってるっていうか、前に一度、うちの雑誌で取材させてもらったことがあって」

高井は大手出版社に勤めている男で、以前は児童書などを出していたのだが、いつの間にか異動があったらしく、当時は主に経済を論じる雑誌の編集をやっていた。

「取材を受けてもらったときに、たまたま大学の話になってさ、それでお前の名前が出てきて……」

高井がさも興味なさそうに言うので、「あ、そう。保科さんな、俺もあの人にちょっと世話になったことあるんだよ」と、てきとうに答えた。

「最近、またなんか一緒にやってんだろ？」

高井が崩れかけた肉じゃがのジャガイモを、箸先で摘みながら訊いてくる。

「最近？」

「またまたとぼけちゃって。ここ最近、たまに会ってるって、保科さん、言ってたぞ」

「ああ、会ってるっていうか、俺の同僚と会ってんじゃないかな。俺はたまたま顔を合わせるだけで」

早口にそう言って、他の話題に首を突っ込もうと、ちょうど回ってきたメニューを開いた。

「なぁ、そんなに警戒するなって」

高井が少し苛立った様子で、俺の手からメニューを奪う。

「警戒？　してねぇよ」と俺は笑った。

高井も少し自分の態度が性急すぎたと反省したのか、奪ったメニューを広げて、「最後にこのへぎそば食おうかな」などと話を逸らす。

少し離れた場所に置かれたポットをとってもらい、自分用に焼酎のお湯割りを作った。妙な空気が残っていたので、「お前のも作るか？」と高井に訊くと、あぐらをかいた足を組み替えながら、「ああ、頼む」と素直に応じる。

「お湯割り？」

　わざととぼけた声で訊いた。

「いや、俺はロックでいいや」と、高井も同じような声色で返してくる。

　俺が氷を摘んでグラスに入れてやると、ほとんど同時に高井が自分で焼酎を注ぐ。入れたばかりの氷が解けて、騒がしい店内にもかかわらず、カランとグラスの鳴る音が響く。


　このころ、響子との付き合いはうまく滑り出していたが、反対に仕事のほうがなかなか良い方向に進まずに滞っていた。

　以前なら、そんなとき、付き合っている女に愚痴をこぼしたり、冷たく当たったりと、つい苛立ちをぶつけてしまっていたのだが、さすがに相手が響子だと、苛立ちや愚痴をわざわざメモ帳に書きつらねることも憚《はばか》られ、結果、仕事とはまったく切り離した時間を過ごすことができていた。

「仕事がうまくいかないんだよ！　うるせぇな！」

　たとえば、こんな科白《せりふ》も、口にすれば、簡単に出てくるのだが、いざ、その気持ちをメモ帳に書くとすると、「仕事がうまくいかないんだ」という、妙にしみったれた印象を与える言葉になってしまい、もちろん伝えたいのは苛立ちのほうなのだから、それができないとなれば、メモ帳に書く必要もなくなってしまう。

以前なら、先に口から飛び出していた言葉を、まず頭の中で文章にして、それをメモ帳に書く。とても単純なことなのだが、この経緯が、人を、というか、人間の感情を収めてしまうこともあるのだ。

とにかくこのころ、仕事は高い壁の前でにっちもさっちもいかなくなっていた。保科に提供してもらったビデオテープが、重要な意味を持っていることは、社内でもみんなが賛成するところだった。すぐに番組の企画書を作り、必要経費も大雑把ではあるがきちんと出して提出した。

上からはすぐに良い結果が下りてきた。いつもはイライラさせられる上層部の判断が、これほど早かったということで、改めて保科から提供されたビデオの価値がどれほど高いものなのかも分かる。

「三日だぞ。たったの三日で下りてきたってことは、よっぽど上の奴らも重要視してるんだよ。この調子だと、移動の経費でビジネスクラスの料金を請求しても、あっさり出るんじゃねぇかな」

興奮気味に同僚の諏訪が、そんな軽口を叩いていたことを覚えている。ただ、普段、滞るところがあっさりと流れると、その先で別の問題が待っている。

ビデオテープに収められた爆破映像を軸に、何をどのように描いていくのか、おおまかな基本方針は決まっていた。

なぜ、誰もそれを止められなかったのか？

すべてはこの問いに集約され、その「なぜ」と「誰」に近づくために番組を構成していく。そのためには多くの人たちの証言がいる。そしてもちろんその多くの人たちは、簡単にアポイントを取れるような立場にない。

もちろん最初から分かっていたことと言えば、分かっていたことだった。しかし、保科の協力もあって、親日家でもあるA氏の承諾を得さえすれば、比較的迅速に次々と連絡が取れるだろうという大方の見方が、まず第一歩目で躓《つまず》いていたのだ。

「今の時期は少し難しそうだ……」

仲介役を頼んでいた保科から電話があったのは、企画が通って二週間ほど経ったころだった。正直、俺も諏訪もすでにスーツケースに旅の準備を始めていたころで、その電話は改めてこの取材の難しさを教えてくれた。

パリで会えるだろうと、保科は言っていた。とりあえず、パリで直接A氏と会い、そこで今後のスケジュールを立てていこうと。

「俺もにわかに信じられないんだけど、肝心のA氏が、今、国外に出られなくなってるらしいんだ」

保科の声は重く、少しでも気を緩めると、一気に絶望へと落ちていきそうなものだった。

「時期的なもんですか？」と俺は急《せ》いた。

「いや、時期的というよりも、情勢のほうかな」

「情勢？」

「もしかすると、A氏自身が失脚する恐れがある」

「失脚？」

「もちろん、手荒な真似をされることはないと思う。ただ、軟禁状態が長く続くことは考えられる」

「連絡はまだ取れるんですか？」

「一応、連絡は取れる。ただ、こちらからのメッセージは確実に伝わるけど、今の時点で向こうからの返事がこちらにくることはないと考えていたほうがいいらしい」

あまりよくない知らせの場合、保科の口調は極度に事務的な言い方になる。硬い口調が膠着した状態を、ますます増幅させているように思える。

飲み会は、翌月に結婚が決まった岩田の過去の失恋話で締めくくられようとしていた。幹事役がみんなに精算金額を告げ、おのおのが財布から分担された金額を出す。

幹事役に金を払い、一足先に座敷を出て、上がりかまちに腰かけて靴を履いていると、すっと横に高井が座り、同じように靴の紐を結び始めた。

「このあと、二次会やるらしいけど……」

そう声をかけられ、「俺は、いいや」と断った。

「だったら、ちょっと二人で飲みに行かないか?」

高井が少し乱暴に肩を揺する。その拍子に、せっかく結んだスニーカーの紐がほどけてしまう。

「いいや、今日は帰るよ。また今度な」

一応、愛想笑いを浮かべて立ち上がった。

「明日は日曜だろ？　仕事か？」

同じように立ち上がった高井が、しつこく尋ねてくる。

「いや、そうじゃないんだけど……」

「そんじゃ、いいだろ？　一杯くらい」

誰か出てこないかと座敷のほうを振り返ってみたが、幹事役の男の腹にすっかり贅肉がついていると、みんなで摘み合って騒いでいる。

「今夜、ちょっと家で待ってるのがいるんだよ」

ちょっと照れくさそうな顔で、そう言うと、高井が急に表情を変え、「なんだよ、だったら、さっさとそう言えよ。俺は、また、お前に嫌われちゃったかと思って……」などと大げさに騒ぎ出す。

「女？……だよな、女に決まってるよな」

高井がそう言って、背中を叩く。面倒だったので、「ああ、そうだよ、女だよ」と答えて、逃げるようにトイレへ向かった。

口の堅い保科が、高井に何か話したとは思えない。ただ、今夜の高井の目を見る限りでは、何か摑んでいるのは間違いない。保科から流れた情報でないとすれば……。
トイレに入ると、冷たい水で顔を洗った。濡れた顔をしばらく鏡で眺めていると、ぽたぽたと顎の先から雫が洗面台に落ちる。いくら考えても、高井と爆破映像に繋がる線が見つからなかった。単なる高井の勘だとすれば、本人も自分で言っているように、彼には児童書の出版などでは宝の持ち腐れになる、確かなジャーナリストの勘がある。

情報というのは、不思議なものだ。たとえば貴重な至近距離からの大仏遺跡爆破シーンの映像がある。存在しないと思われていたものが、とつぜん世に出た場合と比べると、万が一、高井の雑誌で先にその存在がほのめかされたあとに世に出た場合では、格段にその価値が違ってくる。そこにあるのは、まったく同じ映像であるにもかかわらず。

この夜、「家で待ってるのがいる」と言ったのは、嘘ではなかった。

御茶ノ水駅で二次会のバーへ向かうみんなと別れ、一人総武線で千駄ケ谷駅へ戻った。駅前から、〈何か買っていくものはあるか?〉と響子にメールを送ったのだが、アパートに一番近いコンビニに着いてしまうまで返信はなく、結局、アイスクリームのパックと烏龍茶を買って帰った。

鍵を開け、一応、「ただいま」と声をかけて部屋へ入った。廊下の先にある居間で、テレビを見ている響子の背中がある。

ビデオ屋で何か借りてきたらしく、ちらっと目に入ったシーンで、それが『子猫をお願い』という韓国映画であることが分かった。

ただ、もちろんテレビからは音が出ていない。部屋の明かりもつき、そこに響子の背中があり、テレビには映画が映っているというのに、ただ、テレビから音が聞こえないというだけで、まるで異空間へ迷い込んでしまったような気がした。

響子が待つ部屋へ帰るとき、どうすれば彼女をなるべく驚かせずに済むのだろうかといつも考える。玄関から声をかけたところで聞こえない。普通に廊下を歩いて居間へ入っているのに、まるでそっと忍び込んで、背後から驚かせているような気がしてしまう。

響子に相談すると、

「慣れてるから平気よ」

という短い答えが返ってきた。

たぶん、響子が言うように、本人は慣れているのに違いない。ただ、意に反して毎回、彼女を驚かせてしまうことに、まだ自分が慣れていなかったのだと思う。

廊下の途中に立ち止まって、映画に熱中している響子の背中を眺めていた。ここに自分が立っていることを、先に気づいて欲しいと思っていたのかもしれない。しばらく立って眺めていると、妙な気持ちになってくる。すぐそこにいる響子が遠く、まるで映画を見ている響子が主演の映画を見ているような気がしてくるのだ。

部屋に音はなかった。

耳に、御茶ノ水の居酒屋での喧噪《けんそう》が残っていた。

からだが火照っているのが、飲み過ぎた酒のせいなのか、それとも、違う何かのせいなのか分からない。

正直に告白すると、シンと静まり返った部屋で、熱心にテレビを見ている響子の姿は、どこか空恐ろしいものがあった。

とても静かな狂気とでも呼べばいいのか、自分には立ち入れない何かがあって、響子が熱心であればあるほど、まるで自分のからだからも音という音が吸い取られていくような、そんな恐怖感があったのだ。さっさと前へ進んで、響子を驚かせることになったにしても、とにかくさっさと自分の存在を、すぐ近くまで来ている自分の姿を、響子に知らせれば済むことなのに、それを恐れる気持ちがどこかにあった。

「俺、岩田の童貞喪失、見届けた男なんだぞ！　なんで俺に披露宴で挨拶する権利がないんだよ！」

「そう言えばさ、俊平って、大学のころ、おふくろさんだか、おばあさんだかが編んでくれたセーターとか、平気で着てたよな？」

「なぁ、今、焼き鳥、運んできた店員、可愛くなかった？」

「すいませーん！　さっき注文したえのきバターがまだ届いてないみたいなんですけどー！」

「この鍋って、一人分でも注文できるんですか？」

「おい！　へぎそば注文するヤツ、手挙げろ！」

自分がそこにいたときには、気にもならなかった友人たちの声が、とつぜん耳に蘇り、まるで響子が湛《たた》える静けさに、対抗しようとでもするように響き出す。静けさに怖じ気づき、まるで子供が泣き出すように。

音のないテレビを熱心に見入る響子の静けさが、まるで暴力のように感じられた。それに対抗するために、必死に騒がしい声を蘇らせようとする自分がいる。

奇妙な感覚だった。

無意識に、静寂に対して騒ぎで対抗させようとする本能が、人間にはあるのかもしれない。

どれくらい響子の背中を眺めていたのか、映画の流れが少し変わって、響子がソファの上で足を組み替えた。

ゆっくりと廊下を進み、驚かすことを覚悟で、その肩に触れると、やはり一瞬ビクッと身をすぼめた響子が振り返り、ほっとしたような笑みをこぼす。

「ただいま」

ずっとすぐそこから眺めていたのに、まるでたった今、戻ったようにそう言った。

「おかえり」

いつものように、無理に驚きを隠して響子が口を動かす。

壁の時計へ目を向けるので、

「早く帰った。友達は二次会」

と口を動かした。

ただ、二次会というのが伝わらなかったようなので、本当はバーなのだが、

「カラオケ」

と、なぜかしら分かりやすさを優先させて言い直した。

響子が「あなたは行かなかったの？」とでも言うように俺を差す。

俺は疲れたように首をふり、飲み過ぎたと伝えるために、両手でグラスの酒を何杯も飲む真似をした。

部屋に響子を残して、バカ騒ぎをしてきたことが、どこか申し訳なかった。正直、騒がしい店内で、大声を上げ、昔の友人たちと過ごしたことで、気分が解放されなかったとは言えなかった。騒げば騒ぐほど、何かが軽くなっていった。この思いをなぜか響子に知られたくなかった。

このころの自分は、響子の静けさに、何で対抗すればいいのか分からなかったのだと思う。これまでの人生で、怒鳴りつけられたことならいくらでもあった。怒鳴りつけられれば、怒鳴り返せばよかった。

そう、とてもシンプルなことだったのに、怒鳴らない響子の気持ちを、もっと言えば静かすぎる響子の気持ちを、どうすれば反響させられるのか、それが知りたくて、求め、戸惑い、焦り、そしてどこかで恐れていたのかもしれない。

ただ、この気持ちを響子に伝えたところで、

「考え過ぎよ」

とメモで渡されていただけだと思う。

実際、考え過ぎだったのかもしれない。ただ、それで納得してしまうのは、どこか卑怯のような気もした。なぜ卑怯なのかは分からなかったが、諦めるのはいつも強い立場にある者の特権のような気がしてならなかった。

響子を誘って、花見に出かけたのは、ちょうどそんな思いを抱いているころだった。お互いにシャワーを浴びて、ゆっくりと珈琲を飲み、少し強い風に備えて厚手のコートを着て出かけた。

アパートを出るときには、外苑辺りをぶらっと一回りするだけのつもりだった。ただ、一歩外に出てみると、予想以上に日差しは強く、厚手のコートが重く感じられる

ほどだった。

歩き出した響子の腕を摑み、「せっかくだから」と、そこまで口を動かして、

「新宿御苑」

と手のひらに書いて見せた。

響子はすぐに頷いた。

新宿御苑へ向かう途中に、新しいサンドイッチ屋ができていた。そこでボリュームのあるチキンサンドを二つ買い、やはり特大のサラダを一つ選んだ。

花見シーズンということもあり、新宿御苑の切符売り場には長い列ができていた。ただ、思ったよりも列は進み、それほど待たずに切符は買えた。

はぐれたのか、そこで待ち合わせしているのか、花見客の団体が、あちこちで携帯を使い、見つからない誰かに話しかける声が忙しかった。

苑内へ入ると、一瞬、その芝生の青さに目がくらみそうになった。真っ青な空の下、まるで波打つような芝生の色に、色とりどりの服を身につけた花見客たちが思い思いに陣取っている。

さすがに大きな桜の樹の下は、青いブルーシートを広げた団体で埋まっており、俺

らはその喧噪から離れるように、桜には少し遠いが、ぽつりぽつりとしか人のいない場所に、コンビニで買ったシートを広げた。

広げたシートに、遠くから桜の花びらが舞ってきた。舞ってきた花びらを、響子は几帳面に拾い集め、一枚ずつシートの上に並べていった。

「もしどこにでも住めるとしたら、どこがいい？」

さっそくチキンサンドにかぶりついていると、響子からそう書かれたメモ帳を手渡された。

「街？」

と口を動かすと、

「街でも、国でも、なんでもいいよ」

と響子がまたメモに書く。

一瞬、迷って、「響子は？」と尋ねた。正直、急には思いつかなかったし、尋ねてくるということは、響子にそれがあるのだろうと思ったからだ。

チキンサンドにかぶりつきながら見ていると、響子がメモ帳の隅に、

「春」

と書く。

そのあとに何か続くのだろうと思った。春のつく地名とか、春のどこどことか……。

しかし響子は「春」とだけ書いたメモ帳を、すっと俺の膝に置いた。

「春？」

と俺は訊いた。

響子が「そう」と頷く。

俺は食べかけのチキンサンドを置くと、

「春って場所じゃないから、どこって訊き方はヘンだよ」とメモに書き、

「そう答えたいなら、いつが一番好きかって訊けよ」

と付け加えた。

響子は多少不服そうだったが、自分でも納得したようで、俺の手からチキンサンドを奪うと、腹立ち紛れにかぶりついた。

桜の樹々からは少し離れて、二人でぽつんと芝生に腰を下ろしていたのだが、さすがに昼近くになると入苑者の数も増してきて、ちらほらとすぐ近くにシートを広げる

グループが目立ち始めた。

日差しは暖かかったが、さすがに冷たい地面に座っていると、小便がしたくなった。入口を入ったところに売店と公衆便所があったので、

「トイレ」

と響子に伝えて立ち上がり、メモ帳を拾い上げて、

「何か買ってくる？」

と書いた。

響子は、「何もいらない」と首をふり、シートに足を伸ばして、身体に日を浴びていた。

入口から芝生のほうへ歩いてくる人たちを避けながら公衆便所へ向かった。買ってきた珈琲がすでに冷めていたので、帰りに売店で缶珈琲を二本買ったのだが、やはり温めるよりも売れるほうが早いのか、さほど熱くもなかった。

ほとんど常温の缶珈琲を握りしめて、芝生へ戻った。来たときよりも、確実に花見客の数は増えていて、一瞬、響子がどこにいるのか見失った。それでも芝生の中へ足を踏み入れて、少しずつ陣地を奪うように広がっているグループごとのシートを踏ま

ないように前へ進んだ。入ったときにも、出てきたときにも、ほとんど同じ方向に歩いたはずなのに、その先で待っているはずの響子の姿がなかなか見つからない。

まるでさっきまでいた場所を、いつの間にか別の誰かに占領されたみたいだった。

少し離れたところから、女の悲鳴が聞こえたのはそのときだった。咄嗟《とっさ》に目を向けた先で、人だかりができている。前へ足を出そうとすると、そこに誰かのシートが敷いてあり、思わず足を逸らしたせいで、つい転倒しそうになる。それでも踏ん張ってからだを支え、悲鳴の聞こえてきたほうへ目を向けた。

人垣が、さっと広がる様子が見てとれた。さっと開いた人垣の中に、格闘する二人の若い男が見える。

誰かのシートを踏むのもかまわず、人垣のほうへ駆け出した。さっと広がった人垣の中、格闘し合う二人の男たちとは別に、まるで何事も起こっていないかのように、シートに腰を下ろして、男たちに背を向けている響子の姿が見えたのだ。

運悪く、人垣が響子のほうとは別のほうへ固まっていく。

取っ組み合う男たちが、女たちの悲鳴の中、芝生を転がり、響子のほうへ近寄っていく。

「危ない！」

誰かが響子に叫んだ声が、はっきりと俺の耳に届いた。

「響子！」

叫んではみたが、響子のからだはぴくりとも動かない。

互いに相手の胸ぐらを摑み、蹴り合い、殴り合いながら、男たちの足がもつれる。

もつれたまま、響子のほうへ近寄っていく。

男たちのどちらかが響子に覆いかぶさる寸前だった。どこからか、黄色いボールが転がってきて、響子が腰を浮かして前方に這い、そのボールを手で止めた。

痩《や》せた男のほうが響子のいた場所に倒れ込んだのはそのときだった。ほっとしたような、うんざりしたような声が、芝生のあちこちから漏れる。

痩せた男はすぐに立ち上がり、また相手に向かって突進した。今度は受け止めた男が倒れ、ガツッと肉と肉がぶつかり合う音が響く。

俺はシートを飛び越えて、黄色いボールを手で止めた響子の前に立った。とつぜん目の前に飛び込んできた俺に驚き、それでも手にした黄色いボールを掲げて、響子が微笑む。

すぐ後ろで男たちが怒声を上げて殴り合っていた。痩せた男の鼻からは、どす黒い血が流れている。

響子が、遠くにいる子供に黄色いボールを振ってみせる。響子の背後に、血を流す男たちと、風に花びらを散らせる満開の桜があった。

二つを背景に微笑む響子が、俺にはとても静かに見えた。とても恐ろしい静けさだった。

Ⅲ

揺れが激しくなり、急降下を始めた。翼の下に見えていた雨雲に、機体が突っ込んでいく。窓の外には灰色の雲が流れ、その雲が切れた瞬間に、雨にしっとりと濡れた千葉の田園風景が広がった。

地上はすぐそこに見えた。雲と地上の間が、こんなにも狭いとは思ってもいなかった。

窓ガラスに押しつけていた額を離すと、横の男が身をかがめて靴を履いている。パリの空港を発つとき、男はシートに座るなりこの靴を脱いだ。すぐに連れの女がボストンバッグからスリッパを出し、ビニールを破って男に渡す。白いスリッパには、パリにある有名なホテルの名前が書かれてあった。

まだ滑走路で離陸待ちをしているとき、「ご旅行ですか？」と男が声をかけてきた。

「え？　ええ」

面倒だったのでてきとうに返事をしたのだが、今度は女が顔を突き出し、「お一人で？」と訊いてくる。

誰とも喋《しゃべ》りたくなかったが、これから一二時間、肘や膝を擦り合わせていなければならないし、トイレに行くときは迷惑をかける。

「パリに友人が住んでるんですよ、それで」

てきとうに話を合わせた。実際はのんきな一人旅などではなく、神経をすり減らすような一週間だった。

「お友達が？　いいなぁ」

女が身を乗り出してくる。

「じゃあ、何度かパリにはいらしてるんですね？」

男がスリッパを履きながら訊いてくる。白い靴下の親指の部分が汚れていた。

「まだ、二、三回目ですけど」

この辺で解放してもらおうと、膝に載せていた新聞に触れた。たまたま今朝、ホテルの部屋に届けられていた「ＵＳＡトゥデイ」を時間がなかったので機内で読もうと持ち込んでいた。

「ほら、シンちゃんも新聞ぐらい読めるようになってよ。そうすればもっと海外旅行も楽しくなるんだから」

女がこちらの英字新聞を眺めながら、男の脇腹を突《つつ》く。

無視しようかとも思ったが、まだ機体は動いておらず、聞こえないふりをするわけにもいかなかった。重い気持ちで顔を上げると、こちらをまっすぐに見つめる女と目が合った。

「この人、パリのレストランで、〝Do you have an English Menu?〟なんて格好つけて頼むくせに、いざ受け取ったって、何が書いてあるのか分からないんですよ～。だったら、わざわざ英語のメニューなんか頼むなって言いたいですよ」

女が旅の思い出を語るかのように、嬉しそうな顔で悪態をつく。もう何度も聞かされている話なのか、男も慣れた様子で耳を傾け、

「フランス語で卵がなんて言うのか知らないけど、英語なら分かりますもんねぇ」などと合いの手を入れる。

このままだと成田までずっと話を続けられそうだったので、

「いや、僕も一緒ですよ、この新聞だって写真眺めるだけですから」

と苦笑し、タイミングを見計らってさっと新聞を広げた。

二人は離陸してからも、ルーブル美術館内での失敗談などを言い合っていたが、機内食を食べ終わると、まるで電池が切れたかのように、まったく同じタイミング、同じ格好で眠ってしまい、なんとソウル上空に差し掛かるまで一度も目を覚まさなかった。

機体は濡れた滑走路にスムーズに着陸した。

成田空港はここからが長いのを知ってはいるが、さすがに長時間のフライトに飽きてしまい、さっそく腰を締めつけるシートベルトを外した。

雨は激しく、窓を叩きつけている。パリから運んできたはずの空気に、一瞬にして梅雨の日本独特の匂いが混じる。

ソウル上空で目を覚ました横のカップルが、都内へバスで戻るか、電車にするかで長々ともめるのを聞いているうちに、やっと機体が静止した。

すぐに立ち上がったカップルが慌ただしく棚から荷物を下ろし、混雑する通路で順番を待つ。二人が立ち上がったあとのシートには、乱れた毛布があり、潰れた枕があり、空のペットボトルが転がっている。一二時間のフライト分だけの生活が、そこに置き去りにされているように見える。

前方のドアが開いて、通路の列が動き始める。搭乗したときにはフレンドリーだったカップルも、一二時間一緒にいなければならない義務を終え、今ではこちらに目を向けることもない。もちろん最初に自分が拒否したこととはいえ、その変わり身の早さに驚かされる。

通路の混雑がなくなると、やっと立ち上がって荷物を下ろした。出口へと向かいながら携帯の電源を入れた。ちょうどドアをくぐったときに電波が繋がり、すぐに着信がないか調べた。メッセージが三件入っていたが、先にメールをチェックした。海外で便利なように、一年ほど前に海外でも使える機種にしているのだが、あいにくメールは使えない。メールが使えなければ、響子とは連絡のしようがない。

数件、メールは入っていたが、響子からのものはなかった。

入国審査へ向かう乗客たちのあとを追いながら、

〈今、成田に着いた〉

と打って送信した。

パリ滞在中、もちろんパソコンのメールで何度かやりとりはしたが、最後に彼女からもらったメールに、忙しくて返信していなかった。

大した内容でもなかったのだが、最後に書かれてあった、

〈昨日の夕方、アパートの玄関で管理人さんに呼び止められて何か言われたんだけど、分からなかった〉

という文章が気になっていた。

どうせゴミ出しのこととか、大した話ではないのだろうが、あまり印象の良くない管理人なので、心配というほどではないにしても、耳の不自由な響子に失礼な態度でもとったのではないかと気分が沈んだ。

その二ヶ月ほど前だったか、とつぜんこの管理人が部屋へやってきたことがあった。通勤に使う自転車をいつも玄関前に置いているのだが、用件はそのことだった。

「この自転車のことなんですけどね」と管理人は言った。

「ああ、すいませんね。このアパート、駐輪場がないから……」

面倒だったので先に謝ることにした。

「いや、私はいいんですけどね、ちょっと苦情が出てまして」

「苦情？」

そこまで聞いて首を傾げた。角部屋のうちの前に自転車を置いて、迷惑になるような部屋はない。もっと言えば、L字型のアパートなので、ここに置いてある自転車が目に入るのは、お隣の住人以外にあり得ない。

不思議に思って首を傾げていると、

「いやぁ、苦情の出先を特定することはできないんですけどねぇ」

と言いながら、管理人がちらちらとお隣のドアへ目を向ける。

「お隣ですか？」と慌てて訊いた。

管理人は意味ありげに首を傾げ、

「いや、だから、それはちょっと……」と言葉を濁す。

奇妙な話だった。自転車を置き始めたときに、隣の住人には挨拶していた。

「迷惑ですか？」と尋ねると、「いえ、ぜんぜん」と相手は言った。同年輩の男で、気の良さそうな人だった。

それについ先日もちょうど自転車に乗ろうとしていると、隣のドアが開いて、男が話しかけてきた。自分も自転車を買おうと思っているのだが、ＧＩＡＮＴという台湾メーカーのものはどうかと訊いてきたのだ。

性能もよく、デザインもよいメーカーなので、「いいんじゃないですか」と答えた。男は納得したようで、「やっぱりいいですよね」と頷いていた。

もしも管理人の話が本当ならば、お隣さんが二重人格ということになる。一瞬、背筋がぞっとして、

「ほんとに苦情が出てるんですか？」と改めて尋ねた。

管理人はまたちらっと隣のドアを見て、

「どこからってことは言えないんですけどね」と言った。

こうやってアパートというのは管理されるものなのかと、ふと思う。管理上で都合の悪いものは、特定できない住人の意見として告げられる。姿の見えない密告者。

そこまで考えて、今度は別の意味でぞっとした。ということは、この管理人の口によって、自分も知らず知らずのうちに密告者にされている可能性もあるのだ。

「本当にお隣の人が迷惑してるんですか？」と改めて訊いた。

やはり管理人はちょっと意味深な笑みを浮かべて、「だから、どこのどなたってことは言えませんよ」と笑った。

その夜、あまりにも気になったので、隣を訪ねてみた。正直に尋ねて、もしも本当だったなら、謝ろうと思っていたのだ。

あいにく隣は留守だった。心では彼がそんなことを言うわけがないと思っているのだが、応答のないチャイムを聞いているうちに、実際、彼が管理人に苦情を伝えたのではないかと思えてくる。会ったときの人の良さそうな笑顔が、作り物に思えてくる。と考えれば、いくらこちらが正直に尋ねたところで、「いやぁ、そんなこと言うわけないですよ」と答えるに違いない。

「いやぁ、あの管理人がそんなこと言ったんですか？　それこそあいつに文句言ってきますよ」などと話を合わせ、後日、管理人室に、「内緒にしろって言っただろ！」と怒鳴り込まないとも言い切れない。

応答のないチャイムを押し続けながら、心底、このねじれた関係が恐ろしかった。本当にちょっとした情報操作で、人間というものは、加害者にも被害者にも見え、密告者にも被密告者にも見えるのだと、心底うす気味悪くなっていた。

結局、お隣さんとは会えなかった。出張にでも出かけているのか、翌日も、その翌日も在宅しておらず、三日目になると、聞いたところで、本当のことを答えてくれるわけもないし、万が一、本当のことを答えてくれたところで、こちらが素直にそれを信じられるとも思えなくなり、不本意ではあったが、玄関先に置いてあった自転車をドアの中に入れたのだ。

空港を出て、都心へ向かうリムジンバスを待っていると、響子からのメールの着信があった。目の前を雨に濡れた車やバスが走り抜けていく。屋根があるので雨が降り込んでくることはないが、どしゃぶりの雨はまるでカーテンのようにバス乗り場を取り囲んでいる。

じっとりとした湿り気が、足元から立ち上る。濡れたわけでもないのに、汗ばんだ肌にシャツが貼りつく。

〈おかえりなさい。まだ空港？　真っすぐ帰ってくる？　もし帰ってくるなら、何か食べたいもの作っておくけど。やっぱり、トンカツ食べたい？〉

到着したバスの行き先を告げる騒がしいアナウンスを聞きながら、響子のメールを読んだ。

一瞬、なんでトンカツなんだと不思議に思ったが、以前、「海外旅行から戻ると、無性にトンカツが食いたくなる」と話したことを思い出した。ただ、自分の記憶に間違いがなければ、この話をしたのはまだ響子と出会ったばかりのころ、半年も前のことで、以来、そんな話題を口にしたことはない。よほど響子の記憶力がいいのか、それとも半年という月日が、自分が考えているほど長いものではないのか。

〈これからバスに乗るところ。とりあえず一度会社に寄ってから帰る。昼メシは会社で食うよ。帰りは多分、夕方、五時くらいになると思う。うちにいる?〉

メールを打っているうちにバスが来た。順番に乗り込んでいく客について歩きながら送信した。

三ヶ月ほど前、満開の桜を眺めに新宿御苑へ行った日の夜だったと思う。夕方、アパートへ戻って夕食を終えたあと、響子が帰り支度を始めた。いつもなら送っていくのだが、響子の支度ができても、なんとなく椅子から立ち上がれなかった。

いつも送ってくれるのに、なかなか立ち上がらない俺を見て、響子が少し戸惑っている。

「じゃあ」

とでも言うように、響子が小さく手を振って玄関のほうへ歩いていく。

正直、自分でも何をためらっているのか分からなかった。

その日の午後、響子と二人で新宿御苑へ花見に行った。満開の桜の樹の下で、男たちの乱闘があった。殺気立った男たちのほど近くで、響子はそれに気づかず微笑んでいた。

幸せそうな笑顔が、恐ろしく見えた。何も知らずにいるということが、とても愚かに見えた。そして、遠くに立ち、伝える手段も持たず、響子に知らせてあげられない自分が、まるでこの世に存在していないかのようだった。

椅子から立ち上がると、廊下を歩き玄関へ向かった。かなり慌てた足取りで、そうとう音も立てているのに、こちらに背中を向けて靴を履いている響子は気づかない。

背後に立って、そっと肩に触れた。

こちらを見上げた響子が、やはり送ってくれるのだろうと勘違いしたらしく、「うん」と小さく頷く。

まだ片方しか靴を履いていない響子の腕を掴んで立たせた。一瞬、その手を払った響子が不思議そうな表情のまま、自ら立ち上がる。

改めて腕を摑んで、部屋のほうへ引っ張った。

「話があるんだ」

と、ゆっくりと口を動かすと、「う、うん」と、二度頷いた響子が、せっかく履いた片方の靴を脱ぐ。

ダイニングに戻って、いつものメモ帳に走り書きした。立ったまま、響子がじっと見下ろしている。

「ここで一緒に暮らしたい」

そう書き終えたメモを千切って、響子に渡した。

書いているときにすでに読んでいたらしく、響子は渡されたメモには目もくれず、ただじっと俺の目を覗き込んでいた。

その視線に耐えられなかったのかもしれない。俺はすぐにメモ帳を手に取り、真っ白な紙面に次の言葉を書きなぐった。急いで書いたせいで、普段からうまくもない字が、みっともなく右に左に跳ねて、流れる。

「中途半端な気持ちじゃない」

「君を守りたいなんて、傲慢なことを思っているわけでもない」

「君の苦しみを理解できるとも思えない」

「君を幸せにする自信もない」

「でも」

「そばにいてほしい」

「何もできないかもしれないけど」

「何の役にも立たないかもしれないけど」

「俺のそばにいてほしい」

小さなメモ帳の一枚に一文ずつ書いた。書いては千切って、響子に渡し、渡してはまた書いた。

最後の一枚を手渡すまで、一度も響子の顔は見なかった。横に立っているのに、一度も顔が上げられなかった。

本気で、この女と一緒に暮らしたいと思っていた。ただ、なぜ一緒に暮らしたいのかが言葉にならない。

そんなもの、言葉にする必要などないと、誰かの声が聞こえる。でも、その言葉だけを頼りに、俺と響子はこれまでやってきたのだ。

最後の一枚を手渡して、ゆっくりと顔を上げた。ちょうど読み終えた響子の視線が、メモから俺のほうへすっと流れる。

その瞳の奥に答えを探ろうとした。しかし、瞳の奥にあるのは、音のない、言葉のない、戸惑いだけだった。

響子は俺の手からメモ帳とペンを奪うと、立ったまま、何やら書き始めた。立って覗こうとしたのだが、さっと肩を押さえられた。

座ったまま待っていると、響子は書き終えたメモ帳をテーブルに置いた。

「ごめんなさい。ここで一緒に暮らす自信ない。暮らしたくないわけじゃないけど、今はまだ、帰る場所があるから、ここにいられるような気がする。私にとって、ここが帰る場所に変わるまで、もう少し時間を下さい」

細かい文字で、メモにはそう書いてあった。

読み終えて、響子の顔を見上げると、さっきまでの戸惑いが消えていた。慰めるように肩に触れてくる。

「分かった」

と、ゆっくりと口を動かした。

「分かった。待つよ」

と、細かい響子の文字が並ぶメモ帳の隅っこにそう書いて、顔を見られないように立ち上がり、台所で水を飲んだ。

告白すれば、このとき俺は、顔を見られるのが怖かった。自分では本気で一緒に暮らしたいと思っているのに、そこに、背けた顔に、安堵の色が浮かんでいるような気がしたのだ。

不思議な感覚だった。悲しいのに、ほっとしていた。ほっとしたのに、一緒に暮らせないことが悲しかった。

新宿駅前でバスを降りると、どしゃぶりの雨が足元で跳ねる。

アスファルトにできた水たまりには、どんよりとした空が映っているはずだが、激しい雨粒のせいで水面が乱れ、はっきりとした像を結ばない。傘を持っていないので、信号が変わるまでバス停の屋根の下で待ち、信号が変わったとたんに横断歩道へ飛び出した。

生ぬるい雨が重いトランクを引く腕や、バスの冷房で冷えきった頬《ほお》を濡らす。激しい雨はすぐにシャツを濡らしてしまい、ねっとりと肌に貼りつかせる。

横断歩道を渡るいくつもの傘がぶつかり合い、白線の引かれた足元では、濡れて、汚れた靴が交差する。

横断歩道を渡り切ると、客待ちしていたタクシーに駆け寄った。こちらに気づいた運転手がドアを開けてくれたので、少し歩調をゆるめて回り込もうとすると、さっとガードレールを飛び越えた男が、そのタクシーに乗り込んだ。

一瞬、運転手がこちらを見たので、追い出してくれると思ったが、勝手にドアを閉め、行き先を告げたらしい客に頷き、タクシーはすんなりと走り出してしまった。通りを渡り切った場所で、呆然《ぼうぜん》とした。よくあることなのかもしれないが、旅行帰りの疲れたからだが、とても重く感じられ、やっと帰ってきた東京の風景が、一瞬で嫌なものに変わった。

タクシーが走り去ると、すぐに次のタクシーが来た。呆然と雨に濡れる俺の前で停まり、何事もなかったかのようにドアを開ける。

きっとこういうことなのだろう、と思う。

空車のタクシーに割り込まれても、豊かな東京ではすぐに次の空車がくる。割り込みした男も、割り込みを許した運転手も、次があるからいいじゃないかと思う。そして割り込まれた本人も、実際に次の空車がくれば、割り込みへの憤りなど忘れてしまう。

次がくる。

次がある。

走り出したタクシーの、雨に打たれる窓ガラスを眺めながら、小さく口に出して言っていた。

次がくる。

次がある。

簡単な言葉だが、何かとても重大な意味を含んでいるように響いた。

次がくる世界。

次がある世界。

次がこない世界。

次がない世界。

どしゃぶりの雨の中を、タクシーは走っていた。横断歩道を渡っただけなのに、すっかり濡れてしまったからだが、車内の冷房で冷えてくる。

雨が降り込まないように少しだけ窓を開けると、生ぬるい風が車内に吹き込んだ。

ずぶ濡れで会社に入ると、受付の女の子がタオルを持ってきてくれた。渡されたのは、ビニールに入れられたタオルで、最近、人気があるというドラマのタイトルが印刷されている。

「ありがと」

受け取ってすぐにビニールを破り、濡れた顔を拭いた。ただ、新品で吸収力がなく、濡れた肌を、ビニールで撫でたような感触が残る。それでもタオルで顔や腕を拭きながらエレベーターに乗り込んだ。三階で降りると、騒がしいオフィスへ入り、ロッカーから着替えを取り出した。

「あれ、早川、出張だったのか？」

とつぜん声をかけられて振り返ると、主任の中島が濡れたトランクを見下ろしている。

「ええ」

「どこに？」

「パリですよ、行く前に話したじゃないですか」

「ああ。例の」

「ええ。例の」

「で？　どうだったんだ？」

書類を抱えた中島は、見るからにどこかへ急いでいる様子だった。

「話し出すと、長くなりますけど、大丈夫ですか？」

「そ、そうか。じゃあ、あとでゆっくり聞くよ」

中島がほっとしたように廊下へ出ていく。その背中に小さく、「すいません」と謝った。

もしも中島が直属主任じゃなければ、今回の仕事はやらせてもらえなかったはずだ。どんなに熱くこの企画の重要性を話したところで、普通の主任なら、「そんなもん、俺らの部署がやる仕事じゃねえだろ」と一蹴されていたに違いない。

廊下に出ていく中島を見送って、ロッカー前でシャツを脱ぎ、濡れたからだを拭いた。拭いたからだに新しいシャツを着ると、まるでシャワーを浴びたように心地よかった。

デスクには、かかってきた電話や来客を知らせるポストイットがあちこちに貼られていたが、ざっと見ても急を要するものはなかった。

奥で現在進行中の「トーク番組」についての会議をやっているらしく、辺りには誰もいなかった。本来なら、この企画会議に出席するべきなのだが、中島主任の了承を得て、その時間を今回の仕事のほうに使えることになっている。

パリで収録してきたビデオテープを取り出して、編集室へ向かおうと廊下へ出ると、書類を抱えたままの中島が、最近テレビでよく見かけるお笑いタレントと談笑していた。

結局、次のトーク番組の司会はこのお笑いタレントに決まったらしい。ダライ・ラマを中国人だと本気で思っている、この知性派お笑いタレントに。

素通りしようかと思ったが、中島に呼び止められた。

「あ、えっと、これ、うちの早川です」

中島に紹介されて、

「はじめまして。すいません、今、名刺を持ってきます」と慌てて挨拶した。

紹介されたお笑いタレントは、まったく興味がないようすで、ずぶ濡れのトランクを一瞥《いちべつ》すると、

「あ、いいです、いいです、名刺。……どうせ、もらってもすぐにどっかいっちゃうから」

と笑い、

「それより中島さん、今度の番組アシスタント、この前、紹介した子にしてくれるんですよね」

と、すぐに元の話に戻してしまった。

無視されたまま、その場にいるのも居心地が悪く、俺は軽くお辞儀して立ち去った。背中に二人の高笑いが聞こえる。

編集室に入ると、すぐに内線で諏訪を呼び出した。

都内へ向かうバスの中から電話をかけて、到着時間を知らせていたので、ずっと電話の前に貼りついて待っていたらしい。

電話を切ると、一分とかからずに飛んできた。

入ってくるなり、「そこでHに会っちゃったよ」と、お笑いタレントの名前を挙げて、顔をしかめる。

「結局、主任もあいつに決めちゃうんだもんな」

「仕方ねぇだろ、あいつに決めなきゃ、他の企画であいつと同じ事務所のタレント、使えなくなるんだから」

　諏訪とHの愚痴をこぼし合う気もなかったので、さっそくビデオテープをデッキに突っ込んだ。諏訪がすぐに立ち上がって、編集室の鍵を閉める。

　モニターにセーヌの左岸にあるホテルの客室が映る。まだ誰も座っていない椅子が白壁を背にぽつんと置いてあり、開け放った窓から風が吹き込み、深紅のカーテンが重々しく揺れている。

「結局、二時間くらい喋ってくれたんだろ？」

　諏訪に訊かれ、「ああ、カメラの前で喋ってくれたのが二時間半くらいかな。でも、オフレコで聞いた話のほうが断然使えるよ」と俺は答えた。

　モニターに映し出される映像の中、カメラマンがライトをつけたり、椅子を動かしたりする。通訳を頼んだ君野がモデルとなって椅子に腰掛け、カメラマンの要求に応えて深く座ったり、浅く座ったりしてみせる。

一旦、映像が切れて、次に映し出されたとき、強いライトを浴びた椅子には、歴史学者のロベール氏が座っていた。

銀髪で恰幅《かっぷく》のよいロベール氏は、そこにテレビカメラがあることなどまったく気にしていないようすで、パリ郊外に最近できたらしいレストランの話を、流暢《りゅうちょう》な英語で話している。通訳の君野が、役目を全うしようとばかりにフランス語で返事をするのだが、ロベールは何食わぬ顔で、英語を喋り続ける。

「これって、わざとやってんのか？」

同じように疑問に思ったらしい諏訪が、モニターを見つめたまま訊いてくる。

「そうだと思うよ」と俺は答えた。

「……たぶん、俺らを相手に、どこまで話してやるか、こうやって探ってるんだと思う」

「探るにしても、フランス語の通訳が同席してんだろ？　フランス語で探ればいいだろうに」

「こういう場合、言葉ってあんまり意味がないんだと思うよ。言葉っていくらでも変形させられるだろ。特に、通訳なんかを介すると、向こうがフランス語で話したことに、まず通訳が反応して、反応した通訳の言葉でこちらに伝わる。伝わるまでに時間がかかればかかるほど、こちらとしてはどう反応すべきか準備ができる」

「なるほどな、それで英語か」

「英語なら、こっちだって多少は理解できるし、今、こうやって見てみると、この人、俺らに理解できるような話しかしてないよ」

「それで、こっちのどんな反応で、何が分かるんだよ」

「たぶん、こうやってなかなか本題に入らないことで、俺らがどれくらい切迫した取材をしているのか判断できるし、その切迫具合によって、自分が証言したことを、どれくらい処理できる相手か……、そんなところじゃないかな」

「へぇ、このワインの話で？」

「そう。このワインの話で」

実際、ロベールはインタビューを始めてから、一五分近くも仔牛の調理法やワインの話を続けた。ここで焦れば、口は重くなると思ったので、こちらも辛抱強くその話に付き合った。

ただ、さすがに呆れたカメラマンがビデオテープを停めようとしたその瞬間、すっと足を組み替えたロベールが、

「彼は、国家というものがどういうものなのかということも分からない男ですよ」

と、とつぜんフランス語で、私たちが追っている最高指導者の名前を口にした。

カメラマンは停止ボタンに伸びていた指を慌てて止め、通訳の君野は白紙のノートを叩いていたペンを止め、俺は椅子に浅く座り直した。

「……私は彼に忠告しました。ここはあなた方の国なのだから、ここにある文化遺産はあなた方の手で守らなければなりません。それを守ることが最高指導者であるあなたの役目であり、それを守ることであなた自身が守られるのです、と」

ロベールは一気にそこまで言うと、グラスの水を一口飲んだ。背後にある窓の外が、赤く夕日に染まり始めていた。

「……そのときの彼の様子はどうだったんですか?」

思わず身を乗り出して尋ねた。

すぐに君野が通訳し、グラスを置いたロベールに伝える。

「彼は神妙に私の話を聞いてくれました。正直、その表情を見て、私はこれで危険を

回避できるかもしれないと思った」

「そ、それはいつごろの話ですか？　いつ、どういう状況でお会いになったんですか？」

　焦ってそう尋ねると、君野が訳す前から、ロベールは肩をすくめて、

「まぁ、そう焦らずに」

　とでも言うように苦笑する。

「……私の忠告に、彼はこう答えました。『あなたの言いたいことは分かる。ただ、私たちは自分たちに何ができるか、どこへ向かおうとしているのか、全世界に知らせる必要がある。この国が完全に新しい国になったのだというメッセージを、分かりやすい形で伝える必要がある』と。……もちろん、私はすぐに反論しました。今のあなた方はすでにこの国の代表政党として、各国の代表たちと交渉を持てる立場にある。文化遺産、それも自国の文化遺産を破壊することでしか、各国にメッセージを告げる手段を持たない集団ではもはやないではありませんか、と。……彼は私の忠告を理解したようでした。自分たちが今、どのような立場にあるのか、内側からではなく、初めて外側から見る視線を持てたのだと思います。その後、私たちは固い握手をして別

れました。もちろん、私の忠告だけですべてが解決したとは思っていませんでしたが、耳に入っていた大仏の爆破計画を、これでしばらく先延ばしにできるかもしれないとは思いました。ただ……」

部屋に入ってきたときから終始冷静だったロベールが、このとき初めて悲しそうに目を伏せた。

「……彼はそれから一週間後に、結局、計画を実行させる決断をしたのです。私や、もちろん各国の大使たちの言葉よりも、あの人の意見を最終的に信じた結果です」

ロベールはここで初めて、その後、世界中をテロの恐怖に陥れることになる男の名前を挙げた。

「……結局、誰を信じるかなんですよ」

ロベールはそう言ったきり、口を噤《つぐ》んでしまう。

このまま話を中断させるわけにはいかなかったので、

「あの、その情報はロベールさんに直接伝わったんですか？　それとも後日、お聞きになったものなんですか」

と尋ねてみた。

　君野の通訳を聞き終えたロベールが、うんざりしたように首を振りながら話し始める。

「彼が計画の実行を決めたという情報は、すぐに私の耳に入ってきました。もう私一人がどう動いたってどうしようもないことが分かりました。早速、それまで協力し合ってきたユネスコの特使に電話を入れて、事の次第を説明しました。ご存じのように、世界中が一丸となって阻止しようとしました。いや、一丸となっていると思っていました」

　ロベールはそこでまたグラスの水を飲んだ。

「……ちょうどその情報が入った夜でした。ホテルの私の部屋に友人から電話がありました。もちろん彼や彼の奥さんを批難したいわけじゃない。ただ、緊迫した時間を過ごしていた私に、彼は夏のバカンスの相談で電話をかけてきたんです」

　ロベールの話が、横道に逸れそうだったので、「珈琲でも注文しましょうか？」と俺は話を変えた。

　このインタビューで知りたいのは、彼の心証などではなく、誰に何を聞いていけば、この事件を多角的に照らし出せるかという情報だった。

珈琲をすすめたこちらの意図を察したらしいロベールが、
「私なりに相関図を描いてきましたから、あとでお見せしますよ」
と微笑む。その機転の早さに、気ばかり焦る自分が恥ずかしかった。

収録した三時間ほどの映像を見終えたあと、興奮さめやらぬまま、今後の取材スケジュールを諏訪と相談していると、大阪のホテルにいるらしい保科から電話が入った。パリでも何度か連絡を取ろうとしたのだが、タイミングが合わずにいた。

電話に出ると、すぐにパリでの成果を話した。早口で捲《まく》し立てる俺の話を、保科は黙って聞いていた。ただ、そのようすが少しおかしかった。

映像を見ながら、「ここまで時間がかかったんだから、一気に攻勢をかけたほうがいいよ」と、諏訪は興奮していた。

ただ、粘れば粘るほど中枢に近づけそうだし、ここで慌てて比較的アポイントが取れそうな人物に会ってしまうと、それが原因で主要キャストに会えなくなりそうな気がしていたので、そんな諏訪を諌めながらも、やはりこっちも興奮していたのだと思う。

一気にそのテンションで話してしまうと、しばらく沈黙が続いたあと、言いにくそうな保科の声が聞こえた。

「その相関図なんだけど、ちょっと用心したほうがいいかもしれない」

保科は抑えた声でそう言った。

「用心って？」と尋ねると、また考え込むような沈黙が流れる。

「ロベールを紹介してくれたユネスコの役員から連絡があったんだ。こっちですでに取材を申し込んでいると伝えたら、用心したほうがいいって」

「ど、どういうことですか？」

「いや、彼の話がまったくの嘘ということはないと思う。ただ、彼がそう動いた動機がどうも怪しいらしい」

「爆破計画を中止するよう働きかけた動機ですか？」

「ああ、まだはっきりと裏を取ったわけじゃないから、今はなんとも言えないけど、どうやら、遺跡の調査権を独占させてもらう約束を取りつけてたみたいなんだ」

「ロベールがですか？」

「ああ」

「でも……」

「ロベールの言い分とは違うよな。ただ、今のところ俺が集めた情報だと……もう少し調べてみるよ。だから、とにかくそれを待って、そっちで勝手に動くことがないように、それだけ伝えたかったんだ。もしロベールの線で取材を進めたとして、最後の最後になってロベールという人間の信憑性がなくなったら、全部水の泡だからな」

電話は一方的に切られた。横でこちらを凝視していた諏訪が、心配そうな顔をしながらも、何も聞いてこない。

「なんとなく分かったろ?」

肩を落とした諏訪に、自嘲気味にそう言うと、「うまくいかねぇなぁ」と深いため息をつく。

さすがに返す言葉がなかった。

「とにかく今日は家に帰るよ。さっきまで一二時間、飛行機の狭い座席に押し込められてたんだからな」

辛うじて、そう言うのがやっとだった。言ったはいいが、立ち上がるのも億劫なほど、からだから力が抜けていた。

アパート前に停まったタクシーを降り、重いトランクを引きずってエントランスへ向かった。雨脚は多少弱くなっていたが、逆に霧雨が傘をさしていても首筋や頬を濡らす。

エントランスに駆け込むと、ちょうど管理人が何やら掲示板に貼っており、こちらに目を向けて、「お帰りなさい」と声をかけてくる。

「こんにちは」

とりあえず返事をして、エレベーターホールへ向かった。

「あ、そうだ、そうだ」

エレベーターのボタンを押そうとしたところで、背中に管理人の声がした。振り返ると、画鋲《がびょう》を手のひらに載せたまま、管理人が近寄ってくる。

「ご旅行だったんですか？」

管理人に訊かれ、引きずっているこのトランクを見れば分かるだろと思いはしたが、

「ええ、ちょっと仕事で」と頷いた。

「いえね、早川さんちの真上……」

管理人がそう言いながら、中庭に面した建物を見上げる。

「うちの上の人が何か？」

「いえね、先月、引っ越してこられたんですけど、お子さんがいるんですよ。お二人」

「そうなんですか」

「ええ、まぁ、いろんな事情があるんでしょうから、私も詳しくは聞いてませんけどね、どうもお母さんお一人で」

そこまで聞いて、嫌な予感がしてきた。

「それで？」

露骨に面倒臭そうに尋ねてやった。

「ええ、それでってこともないんですけど、どうもほら、お母さんが外へ働きに行ってらっしゃるでしょ、だからどうしても子供さんたちだけで家にいることが多いらしくて」

よっぽど、「それで？」と訊き返そうかと思ったが、訊き返すのも癪《しゃく》にさわるような言い方をする。

「それで、どうもほら、まだ小学校に通っているお子さんたちだから、どうしても親がいないと部屋でうるさくしちゃうじゃないですか。それでね、実は、その隣の方から苦情が出てまして、だったら、真下にいらっしゃる早川さんが一番迷惑してんじゃないかと思ってたんですよ」

実際、ときどき子供が走り回る足音が聞こえることはあった。ただ、夜中に走り回るわけじゃなし、そこまで安普請のアパートでもないので、よほど集中して聞き耳を立てていない限り、気になるほどの音ではない。

「うちは、別に平気ですよ」と俺は言った。

正直、気にしたことがなかったし、ここで管理人に同調すれば、自転車のときの二の舞になるのが分かっていた。

「そうですか？　平気ですか？」

「ええ。まったく気になりません」

「あ、そうか、早川さんは昼間いらっしゃらないですもんね」

「週末はいますよ」

「いや、でもほら、お忙しくしてらっしゃるから」

管理人が食い下がろうとするので、「とにかくうちはぜんぜん迷惑じゃないですから」と言い切って、エレベーターのボタンを押した。

「そうですか」と管理人が残念そうな声を出す。

そのときだった。管理人がふと何か思い出したような顔をして、「ああ」と一人で勝手に納得したように頷いた。

一瞬、「何か？」と訊こうかとも思ったが、エレベーターが来たので無視して乗った。

「それじゃ」

乗り込んで、すぐにドアを閉めた。閉まった瞬間、ふとあることを思い出した。

〈昨日の夕方、アパートの玄関で管理人さんに呼び止められて何か言われたんだけど、分からなかった〉

パリに届いた響子からのメールの文面だった。

二人が向き合うようすが目に浮かび、たった今、ドアの向こうで「ああ」と一人で勝手に納得した管理人の顔がそれに重なる。

腹立ち紛れに開閉ボタンを押したが、エレベーターはすでに動き出している。正直、階段を駆け下りて、管理人の胸ぐらでも摑んでやろうかと思った。ただ、そんなことをすれば、彼の独り合点をこちらも理解したことになる。

様々な立場の者たちの思惑で複雑に絡み合った歴史的事件を追っているはずなのに、こんな小さなアパート内のいざこざで、腹を立てている自分が嫌だった。

エレベーターを降りると、外廊下に霧雨が降り込んでいる。すぐそこまで雨雲が下りてきている。トランクを引いて廊下を進み、玄関ドアに鍵を差し込んだ。

いつの間にか片付いている玄関に、ちょこんと響子の靴だけが置いてある。首を伸ばして廊下の奥を覗くと、雑誌を読んでいるらしい響子の姿がある。

彼女の視界に入るように、わざとトランクを廊下へ押し出し、なるべく大げさな歩き方で廊下を進んだ。

部屋に入る直前で、響子がふっと顔を上げ、いつものように少しビクッとしたあと、安堵したような笑みを浮かべる。

「ただいま」

と大きく口を開いた。

ソファから立ち上がった響子が、「うん」と小さく頷いて、「疲れたでしょう？」とでも言うように、俺の背後に回り、肩を揉む。

「大丈夫だよ」

その手を取って、まっすぐに目を見つめた。

たったの一週間会わなかっただけなのに、なぜかとても響子が遠かった。どう説明すればいいのか分からないが、ここまで数ヶ月、やっと二人で積み上げてきたものが壊されて、また最初から、外苑で初めて出会ったところから、すべてをやり直さなければならないような感じだった。

「ただいま」

その気持ちを無理に振り払うように、強く響子を抱きしめた。しばらく黙って抱かれていた響子が、とつぜんこちらの胸を押して離れ、テーブルに置かれた菓子折りを指差す。

「なに、これ」

手に取ると、水ようかんの詰め合わせらしい。

用意していたのか、響子がすでに何やら書かれているメモ帳を突き出してくる。受け取ると、

「この部屋の上に住んでる人がさっき持ってきた。買物から戻ったときに玄関先では

ったり会ったの。よく分からなかったけど、『子供』とか『走り回る』とか『ご迷惑』とか言ってたみたい。たぶん、それで謝りにきたんだと思う。とっても申し訳なさそうだったから受け取ったけど、うるさかったの？　私、ちょっと困った。だって、私がうるさいなんて苦情言うわけないでしょ？　だから、その人も途中で気づいたらしくて、ちょっと首を傾げてたみたい」

　読んでいる最中に、響子は廊下に置きっぱなしのトランクを取りにいっていた。そばにいられたら、こちらの表情が伝わったに違いない。

　正直、怒りよりも疲れを感じた。こうやって誤解が誤解を招き、収拾がつかなくなるのだろうと、ぼんやり思った。

　どこまで疑えば、苦情の出所に突き当たるのか分からなかった。誰がどれくらい迷惑をこうむり、まったく迷惑のかかっていない響子に、お詫びの品が届くのか、考えれば考えるほどバカバカしくて、考えれば考えるほど、この小さな集合住宅が、とても奇怪な建物に思えた。

　トランクを引っ張ってきた響子に、ポンと肩を叩かれて、「疲れた……」と呟いた。響子が台所を指差して、「何か食べる？」とでも尋ねるように、ごはんを食べる真似をする。

「ああ」

小さく頷いて、ソファに座り込んだ。その様子を眺めていた響子が、テーブルからメモ帳とペンを取って横に座る。

「こういうとき、愚痴をこぼせない相手って、役立たずでしょ？」

そう走り書きした響子がどこかおどけて舌を出す。

「こういうときって？」

書かれた文字を指でなぞって訊き返した。

「仕事で嫌なことがあったり、つらいことがあったり、悲しいことがあったりしたとき、早口で捲し立てればすっきりすることってあるでしょ？」

響子がそう書いたメモを見せる。

勘違いしている響子が微笑ましく、「そんなことないよ」と俺は首をふった。

「言ってることの半分も分からないと思う。けど、ちゃんと聞いててあげるから、嫌なことは全部吐き出しちゃえば……」

響子が新しい紙に書く。その途中で、俺は響子の手をとった。すっと流れた筆先が、メモ帳に長い線を描く。

「誰を信じていいのか分からないんだ」

とゆっくりと口を動かした。

神妙な顔をした響子が、「うん」と分かったような顔で深く頷く。

その表情がおかしくて、思わず笑いがこみ上げた。

「ほら、口にすれば、気分も晴れるでしょ？」

自慢げに、響子がそう書いたメモを見せる。

「ああ、晴れる」と頷いた。

「誰を信じていいのか分からないよ」

もう一度、声に出してそう言った。

「その調子、その調子」とでもはやし立てるように、響子が俺の背中をさすってくれる。

窓をまた雨が叩いていた。とても低い空に、雨雲がある。

Ⅳ

梅雨明けが宣言されて、神宮外苑の緑に変化があった。

緑という色ほどバリエーションに富んだ色はないのではないだろうか。芽を出したばかりの黄色がかった若葉から、夏の日に照り返る青葉、そしてゆっくりと色を失っていく落葉まで、一日たりとも同じ色であることが不可能のように思えて仕方ない。中でも、夏の力強い緑はいい。真夏の空を背景にじっと眺めていると、葉の色にも感情があるのではないかと思う。

春の若葉が喜びなら、初夏の、そう今、目の前に広がっている夏の葉は、何かに怒りを感じているような、力を漲《みなぎ》らせた緑だ。

冷房の効き過ぎた地下鉄に乗っていたせいか、歩き出してもしばらくからだが冷えていたのだが、絵画館を囲む楕円形の道に入ったとたん、汗が滲《にじ》んだ。滲んだ汗が肌を滑り、麻のシャツにすっと吸い取られるのが分かる。

日差しは強く、車道を走り抜けていく車の熱が、風に乗ってくる。外苑の森全体が、蟬《せみ》の声で地鳴りしている。歩道には樹々の濃い影が落ちている。

複雑な模様の影の中を、自分の影が進む。樹々の影の中に自分の影があるのか、それとも自分の影が樹々のそれに覆われているのか分からない。視界がぼやけ、足元の地面が、離れて見えたり、迫ってきたりする。子供のころ、自分の影を踏めないと初めて知ったときのような、もどかしさがなぜか蘇る。

地下鉄のキヨスクで買った烏龍茶を飲み干し、空いたペットボトルをリュックに入れると、ひんやりしたパンフレットが指に触れた。

会社の近所にある旅行代理店の店先で手に入れた三冊のパンフレットは、どれもハワイのものだった。

「おっ、ハワイ？　いいねぇ」

店先でパンフレットを吟味していると、一緒にそばを食べに出てきていた諏訪に冷やかされた。

「夏休みに、行こうかと思って」

素直に答えると、追加は無料だからといって三枚もざるそばを食べた諏訪が、

「え？　お前、休み取るつもりかよ」

とゲップ混じりに呆れる。

「行けるとしても四泊六日とかだよ」

「しかし、あれだけ暑い国にばっか取材で行ってて、よく休みまで暑い国に行きたくなるよな」

諏訪はそう言うと、横にあった自動販売機でタバコを買った。

実際、諏訪の言い分は間違っていなかった。仕事とはいえ、この二ヶ月のあいだに、日中四〇度を超えるような砂漠の国へすでに三回行っており、つい二日前に帰ってきたばかりで、社内でも夏を前に一人だけ日に灼けて真っ黒だった。

「まさか一人で行くわけでもないだろうし……、誰だよ？」

買ったばかりのタバコを開けて、その場で諏訪が火をつける。日を浴びた通りには近所のOLたちが財布を手にぞろぞろと姿を見せており、諏訪の目はライターの火よりもそちらに向けられている。

「真夏のオフィス街って、やっぱ色気あるよな」

　諏訪が煙を吐き出しながらぽつりと呟く。視線を追えば、少し大きな尻をした女が、白いシャツの袖を捲りながら横断歩道を渡っていく。

　諏訪を無視して歩き出すと、

「教えろよ。誰と行くんだよ、ハワイ」

　と慌てて追いかけてきた。それでも無視して歩き続けた。

　これまでに付き合ってる女を諏訪に紹介したことはない。逆に諏訪から紹介されたこともない。共にすでに三十過ぎ。学生のころのような質問はするが、それに相手が答えないことも、自分が特に聞きたがっていないことも知っている。


　日盛りの外苑を抜けて、アパートへの小道へ入った。

　高い建物があるわけでもないのだが、家々の小庭に植えられた樹々の葉が塀を越えて枝を伸ばしており、一瞬、涼しげな風が小道を吹き抜けたように感じる。アパートはこの小道の突き当たりにある。この界隈ではこの一棟だけが空を遮っている。

　部屋に戻ると、台所で響子がそうめんを茹《ゆ》でていた。

　会社を出るときにメールを送っていたので、時間を見計らっていたのだろう。自分で持ってきたのか、テーブルにはガラス製の涼しげな器が並び、すり下ろしたばかりの生姜《しょうが》の匂いが漂っていた。

「プール、どうする？」

クロールで泳ぐ真似をしながら、麺を茹でる響子に訊いた。

響子はちらっと壁の時計を確かめ、

「これ、食べてから行こう」

とでも言うように、指を二本突き立てて時間を示す。

本当は午前中から先日オープンした外苑プールに行く予定だった。ただ、昨夜遅くに諏訪から電話があり、どうしても持ち帰っていた書類を午前中に会社へ届けなければならなくなった。

届けてすぐに戻るつもりだったのだが、取材ビデオを流しながら諏訪と話し込んでしまい、結局、昼を過ぎた今になってしまった。

茹でたそうめんをざるに入れて、水で冷やしている響子を眺めながら、録音ランプが点滅する留守電をチェックした。

「もしもし。俊平？　明日大丈夫なんでしょ？　お父さんも楽しみにしてるんだから、忙しいだろうけど、ちゃんと六時には帰ってきてよ。待ってますからね。……あ、あと、川崎の叔父さんも来る予定だったけど、なんだか腰が痛いんだって。だから、明日は結局、家族三人。……とにかく、これ聞いたら連絡ちょうだいね。……あと、あれ、なんだったっけ？　えっと……、とにかく夜にでももう一回こっちからかけるから」

　流れてきたのは、荻窪に住む母親の声で、言いたいことが次から次に浮かぶのだが、結局、何か言い忘れているようないつものメッセージだった。

　振り返ると、そうめんが出来上がっていた。ガラスの器、氷水、見るだけで涼しげな気持ちになる。

「窓、開けていい？」

　サッシ戸を指差して尋ねると、麦茶を注ぎながら響子が頷く。

「なんかせっかく涼しそうな食い物だから、クーラーの中じゃなくて、汗かきながら食いたくなるよ」

　響子に伝わらないことは分かっていたが、一人ぶつぶつ言いながらサッシ戸を開けた。冷房の効いていた部屋にねっとりとした風が吹き込んでくる。先に冷房を消しておかなかったので、小さなベランダの室外機からの熱風が足元から立ち上る。

冷房を切ってテーブルに着いた。すでに食べ始めていた響子が、

「うん、ちょうどいい」

とでも言うように、自分の茹でたそうめんに納得している。

「なぁ、この前の話、どう？」

生姜をつゆにとかしながら、俺はゆっくりと口を動かした。響子が電話のほうへ目を向けるので、

「そう。今のはおふくろから留守電」と答えた。

響子はちょっとだけ目を伏せて、何も答えない。仕方なく、俺はよく冷えたそうめんを啜った。

両親に明日響子を連れて行くとはまだ伝えていなかった。伝えれば、おふくろとしても準備があるだろうし、おふくろが気を遣えば、響子にもまた気を遣わせることになる。

「お父さん、温泉、断ったんだって？」

母親から電話があったのは、二週間ほど前だった。その三日ほど前に、定年退職す

る父親をねぎらおうと、親子三人での温泉旅行を持ちかけていた。

母親は電話口で喜んだが、何が気に入らないのか、父親から珍しく電話があって、
「そんな無駄金、使うことないぞ」と断られた。

中堅石油会社の営業マンとしてサラリーマン人生をスタートさせ、出世は遅かったが取締役にまでなった男だった。定年後はいくつか引き抜きの話が来ているらしいが、母親の話によれば、
「今は自由な時間が欲しいとかなんとか先延ばしにしてるみたいだけど、仕事人間のお父さんが一ヶ月も家にいたら、すぐに働きたくなるわよ。からだだってあんなに丈夫なんだから」

という様子らしい。

温泉旅行の断りの電話をもらったとき、
「親父、この先、どうすんの？　家にいたって退屈だろ」と尋ねた。

親父は何も答えなかったが、息子の直感として、どこかに再就職するのか、新しく自分で何かやるのか知らないが、すでに何か決意しているのだろうと思った。

一言でいえば、厳格な親父だった。厳格であることが親父の役目だと思っているよ

うな厳格さで、息子に対してつい甘い顔を見せてしまうと、そんな自分をなじるように息子を叱る父親だった。

今となっては、そんな父親の心の変遷を自分なりに理解、納得できるようになったが、当時はまだ自分も子供で、彼が何に怒り、何故自分がこんなにも叱られているのかが分からなかった。理由を知らされずに叱り続けられていると、自分自身が叱られる理由としか考えられなくなってくる。

都心にあるからとはいえ、かなり割高な料金を支払って神宮プールの受付を抜けた。プールに来たのだから、気分的には晴れ晴れしているのだが、プール施設というのはどこもそうで、受付を抜けたとたん、日当たりの悪いジメジメとした更衣室へ向かわなければならない。

響子も俺もすでに草履を履いてきていたので平気だったが、あとから入ってきたカップルが濡れたリノリウムの通路を靴下のまま歩いてしまったらしく、背後からうんざりしたような声が聞こえた。

更衣室の前で響子と別れた。

　ドアを開けて男子更衣室へ入ると、濡れたタオルや汗やサンオイルや、いろいろな匂いが混ざり合って、同時に鼻をつく。

　さすがに晴れた週末、ロッカーはほとんどが使用中で、やっと見つけた隅のロッカーで着替えていると、歌舞伎町辺りのホストらしく、痩せこけたからだをどす黒く日に灼いている男たちが五、六人、ゲラゲラと笑いながらすぐ近くに集まってきた。

　男たちのからだには、プールの水なのか、汗なのか分からないが、水滴がついているのに、強い香水の匂いが残っていた。肌を触れ合わせたわけでもないのに、屋外の日差しの熱が、横に立つリーダー格らしい男のからだから伝わってくる。

「先月からヒビキさんとこにいるんすよ」

　金のネックレスを細い首に下げた男が、そう言いながらロッカーを開ける。

「ヒビキさんって、あの人、追われてんだろ？」

「追われてるってわけでもないみたいっすよ」

「家にいんの？」

「いますよ。ずっと」

「何やってんだよ、家にずっといて」

「さぁ、ゲームやったり……」

「金、持ってねえんだろ？」

「さぁ、でもたまに使い頼まれたときとか、そのおつりくれたりするんで、そんなに困ってもないんじゃないすか」

「でも、なんでお前がヒビキさん知ってんだよ」

「あれ、なんでだっけな……、あ、そうだ。前に六本木のマコトさんに紹介してもらったんすよ」

男たちの横で、もう五年も前に買った型の古い水着に着替えた。

他人の会話というのは、なぜこんなにもつまらないのだろうかとふと思う。聞きたくもないのに、勝手に耳に入ってくるからだろうか。彼らが伝えたかったり、知りたかったりすることに、自分がまったく興味がないからだろうか。聞いたところで何の害になるわけでもないのに、こうやって無遠慮に聞かされる他人の会話ほど、気持ちを苛つかせるものはない。

ロッカーを閉めようとすると、財布に百円玉が入っていなかった。苛立って財布の中をかき回していると、ついてないときはついてないもので、領収書が一枚、濡れた床にハラリと落ちて、一瞬に紙面のインクが滲む。

水着のまま受付へ戻って両替するしかない。一瞬、ロッカーを開けっ放しで行ってもいいものだろうかと思案した。ただ、中に入っているのは汗に濡れたTシャツやパンツだけ、心配するほどの物ではない。

財布を握って立ち去ろうとすると、横に立っていた金ネックレスが、「百円玉っすか？」ととつぜん声をかけてきた。

驚いて振り返り、「ええ、そうなんですよ」と顔を歪《ゆが》めると、

「ちょっと待って下さい。俺、たしかあったような……」

と言いながら、男がロッカーからジーンズを取り出し、手が濡れているのもかまわずにポケットから財布を取り出す。

「あ、あった、あった。はい、これ。いいっすよ」

男に百円玉を差し出され、「いや、でも……」と思わず断った。

「いや、別にいいですって、百円くらい」

男が半ば無理やり百円玉を握らせ、

「そんで、ヒビキさんの話なんですけど、なんかヒビキさんがうちの店で働けないか

って言ってんすよね」

と、まるで何事もなかったかのように会話を再開させる。

「あの、すいません。じゃあ……」

その背中に礼を言った。

ちらっと振り返った男が、「どぞ、どぞ」と軽く頷き、また話を続ける。

「うちの店って、うちで今、ヒビキさん雇ったら、向こうが黙っちゃねえだろ？」

「いや、だからその辺をうまくまとめてもらえないかって」

もらった百円玉でロッカーを閉めた。派手な音を立てて百円玉が落ちていったが、男たちは自分たちの話に夢中でこちらを見ることもなかった。

更衣室を出るときに、もう一度、金ネックレスの男に頭を下げた。男は軽く手を上げただけだった。

廊下の先に、日を浴びたプールサイドが見えた。こちらが暗いせいか、まばゆいくらいに明るかった。濡れた廊下を歩きながら、男たちが働いているホストクラブの様子を想像していた。窓もなく全面鏡張りの地下の店。男たちの香水と、女たちの香水に、大きな花瓶に生けられた百合の香りは目立たない。

不思議なものだが、たかが百円で、俺は彼らの生活を想像するようになっていた。聞きたくもなかった彼らの世界に、たったの百円で、興味を抱くようになっていた。日を浴びたプールサイドに出ると、濡れた足の裏はすぐに乾き、あっという間に立っていられなくなるほど熱くなった。

日陰を見つけて飛び込み、混んだプールを見渡した。競技用に作られたこのプールには立派な観客席が設けられている。ただ、一般公開されている今、青いペンキで塗られた観客席にも、日に灼けたコンクリートのプールサイドにも、肌をぎらつかせた大勢の人々が寝転がり、足の踏み場もないほど埋め尽くされている。

このほとんどが日本人なんだろうが、日本人と言っても、いろんな肌の色があるもんだとつくづく思う。

日に灼けた肌、真っ白な肌……。日に灼けた肌にもいろいろあって、赤く腫《は》れたような色もあれば、すっかり染み込んだなめし革のような肌もある。

それぞれの肌に、それぞれが様々な色の水着をつけている。雑多な色が都心の一角にあるプールサイドを埋め尽くし、その中心にぽっかりと真っ青なプールがある。プールにはさほど人は入っておらず、ときどき水しぶきを上げて五〇メートルを往復する数人を除けば、あとは四方の縁に摑まって、恋人や友人たちとのんびりからだを浮かせて楽しんでいる。

水に浮かんだ彼らのからだが、波紋の中、ゆらゆらと揺れて見える。これだけの人がいるというのに、真夏のプールはどこかシンと静まり返っている。

肩を叩かれて振り返ると、若葉色の水着に着替えた響子が立っていた。日焼け止めを塗ったのか、その肩に少しだけ白い線が残っている。

親指の腹で、その線を消してやった。たった今、外へ出てきたばかりなのに、響子の肩がとても熱くなっていた。

人のからだを踏まないように場所を探した。運良く、プールサイドから立ち去るカップルを見つけ、空いたわずかな場所に二人分のバスタオルを広げた。ちょっと歩き回っただけで、背中は熱く、額からは汗が垂れた。

バスタオルに寝転んだ響子が、持参したハワイのパンフレットを眺め始めたので、とりあえずからだを冷やそうとプールに飛び込んだ。足からすっと飛び込んだのだが、思ったよりも水が冷たく、底を蹴って水面に浮かび上がると、思わずからだがブルッと震えた。

太陽にも音があるらしかった。

水面から出た耳に、まさにジリジリとプールサイドを焦がす日差しの音が聞こえるようだった。

アパートからプールへ来る途中、改めて響子に、「明日、俺の両親と会ってみないか？」と尋ねた。「深い意味じゃなくて、ただ、食事するだけだから」と。

響子はしばらく黙り込んだあと、少し躊躇するように頷いた。

「え？　いいの？」

予想外の返事に尋ね返すと、「うん」と今度は強く頷く。

「ありがと」

思わず礼を言った。自分が響子を両親にこんなにも会わせたかったのだと、そのときになって初めて気づいた。

「お母さんたち、びっくりするよ」

これが初めて誘ったとき、響子がメモ帳に書いた返事だった。

「お母さんたち、まだ私のこと知らないんでしょ？」

正式な手話ではなかったが、響子が手を使ってそのようなことを伝えてくる。

「もしあれだったら、電話で伝えとくよ。そのほうがよければ」

ゆっくりと答えながら、自分がそうしないだろうことは分かっていた。響子の耳が不自由なことを、電話で両親にうまく伝える自信がなかった。単なる順序の違いなのだが、耳の聞こえない恋人として響子を紹介するのではなく、響子という恋人の耳が不自由なのだと伝えたかった。

ただ、それを響子本人に説明するのは難しい。

「息子の俺が言うのもヘンだけど、うちの両親、決して嫌な人たちじゃないから」

説得するようにメモ帳に書いた。

「嫌な人って?」

とでも言うように、響子がメモ帳の文字を指差しながら首を傾げる。

「だから、響子の耳のことで、なんか響子に嫌な思いをさせるような人たちじゃない」

走り書きして見せた。ゆっくりと読み終えた響子が、どこか悲しそうな顔をしてペンを取る。

「今どき、そんな分かりやすい人がいるわけないじゃない。そういうストレートな人がいないから、嫌な思いをさせられることが多いんだから」

響子が綴る文字を眺めながら、正直、どういう意味なのか分からなかった。それが表情に出ていたのか、そこまで書いたメモ帳を千切って丸めた響子が、新しい紙面にまた何やら書き始める。

「『あなたは耳が聴こえるけど、それは気にしない』って言われたことある？」

そう書かれたメモを見せられ、俺は素直に首をふった。

「私たち、いつもそう言われるのよ。『あなたは耳が不自由だけど、私はそれを気にしません』って」

響子の言わんとすることを百パーセント理解したとは言いがたい。ただ、響子が伝えたかった気持ちだけは、なんとなく胸に突き刺さった。

俺も気にしない、と心の中で呟いた。

響子の耳が不自由なことなど、俺は気にしない。

気にしない。

気にする。

俺は。

俺が。

プールを出て、響子の横に仰向けに寝転ぶと、さっきまでは熱かった風が、濡れたからだにひんやりと気持ちよかった。真っ青な空があった。真っ青な空に入道雲があった。寝転んで見上げる空は、手が届きそうに近かった。

さっき更衣室で百円玉をくれた若いホストの話を、隣で目を閉じている響子に話したかったが、メモ帳は彼女のバッグの中にあり、濡れた手でペンを握るのも面倒だった。

翌日、荻窪駅に到着したのは六時を少し廻ったころだった。西の空でまだ日は高かった。

いらないと何度も言ったのに、響子はデザートを持参していた。午前中、わざわざ銀座のデパートまで出かけて買ってきたものらしい。

改札を抜けてバスに乗った。

バスは空いていて、デザートの入った箱を大事そうに抱えた響子と二人、一番後ろの席に座った。

乗り馴れた路線バスに、響子と並んで乗っているのが不思議だった。高校の頃、このバスで毎朝駅まで通った。大学の頃、このバスに大きなトランクを載せて、いろんな国に旅行に出かけた。卒業後、しばらくの間、このバスで会社に通った。高校の頃、初めて本気で好きになった女に告白したのもこのバスの中だった。

空いたバスは環状八号線を横切って住宅地へと入っていく。半年ほど実家には帰っていない。おふくろからはたまに帰ってこいと言われるが、あまりにも近いので、帰る理由が見つからない。

「これまでに何人、恋人を両親に紹介したことある？」

響子にそう訊かれたのは、昨夜、ベッドの中だった。

「三人」

と俺は指で教え、

「でもきちんと紹介したっていうと、一人だけかな」

とすぐに訂正した。

実際、他の二人は実家にいるときに付き合っていただけの話だった。

「響子は？」

そう言いながら、響子の額を指で突いた。響子はちょっと記憶をたぐるような顔をしたあと、

「私も一人だけ」

とでも言うように、指を一本だけ立てた。

一瞬、それが同じように耳の不自由な男なのかと訊きそうになった。ただ、すぐに自分勝手な好奇心は押し込んだ。訊いたところで何があるというのか。それを知ったところで何も変わらないことは分かっていながら、どうして人というのは、何かを確認しておきたがるのだろうかとつくづく呆れた。

暗い天井を眺めていると、響子が顔を覗き込んできた。何事かと思っていると、しきりに、

「違う、そうじゃないよ」と首をふる。

まるで自分の心の中に浮かんだ言葉が、そのまま響子に伝わったようだった。

「何が？」

わざと邪慳《じゃけん》に響子のからだを押しのけた。

響子が自分の耳を差し、「違う」と首をふる。

過去に一人だけ両親に紹介した男は、耳が不自由ではなかったらしい。だからなんだと思いはするが、その男と響子が結局うまくいかなかったことに、今さら気づいてハッとした。

バスは住宅街のイチョウ並木を進んでいた。

相変わらずバスは空いたままで、駅前から乗り込んだ数人の客が、今では自分たちを含めて三人になっている。

この町に暮らしていたときは、このバス通りをいつも自転車で走っていた。

あれは大学に入ったばかりのころだったか、夜中に無性に腹が減って、環八沿いのラーメン屋へ自転車を漕いでいた。夜中というか、すでに四時過ぎ、真冬の風は手袋をはめていても痛いほどだった。

小さな児童公園を過ぎた辺りで、ふと暗い道の先を人影がよぎった。明らかにこちらに気づいて、さっと動いたように見えた。

ただ、気にもせずペダルを漕いで進んだ。人影がよぎったところまで来ると、電柱に隠れるように男が立っていた。立ち小便でもしているのだろうと思った。横目でちらっと見ただけだった。電柱のライトに紺色、もしくは黒いダッフルコートの背中が見えた。

環八のラーメン屋でにんにくたっぷりのとんこつラーメンを食べていると、妙に表通りが騒がしくなった。通りの向こうで火の手が上がっているらしかった。

急いで食べ終わり、金を払って外へ出た。通りの向こうに火柱が立っていた。

幸い、火はすぐに消されたらしかった。翌日、不審者を見なかったかと警察が来た、と母親が興奮して教えてくれた。放火らしかった。

電柱の陰に立っていた男が、その犯人なのかどうかは分からない。実際に、酔って立ち小便をしていただけかもしれない。

この道を通るたび、なぜかあの男の背中を思い出す。数えきれないほどの思い出があるにもかかわらず、この道といえば、あの男の背中しか浮かんでこない。

イチョウ並木が終わるところでバスを降りた。

バスが走り去ってしまうと、平凡な住宅街はシンと静まり返り、イチョウの葉が風に揺れる音しかしない。

きょろきょろと辺りを見回す響子に、すぐ目の前にある家を指差した。大きな家でもないのだが、塀が高いせいで実際よりも立派に見える。

響子が大げさに胸を押さえて深呼吸するので、「平気だよ」とでも言うようにその背中を擦《さす》ってやった。

鍵を開けて玄関に入ると、「俊平？」とすぐにおふくろの声が聞こえた。一応、昨夜の電話で、彼女を連れていくとだけは伝えていたので、どこかよそ行きな感じの声に聞こえなくもない。

おふくろはパタパタとスリッパの音を立ててやってきた。じっと立ち尽くしている響子が慌ててお辞儀をし、響子を見たおふくろの表情が一瞬ぱっと明るくなるのが分かった。

「いらっしゃい。待ってたのよ」

おふくろはもう何度も会ったことがあるかのように、そう言って響子の手を取った。

響子が慌てて手にさげた紙袋を渡そうとする。

「あ、これ、彼女から。なんかデザートだって」

代わりに俺が説明すると、おふくろは、「そんな、よかったのに」と言いながらも遠慮なく受け取った。

「あと……、響子、耳が不自由だから」

わざと素っ気なく伝えた。なぜかその瞬間のおふくろの顔を見るのが嫌で、俺はすでに脱いでいた靴をもう一度脱ぐような真似をしてしまった。

「え？」

「だから、耳が不自由なんだ」

俺は響子の手を引いた。響子は多少ためらいながらも、やっとそこで靴を脱いだ。

「あ、ごめんなさい。いや、俊平も急にそんなこと言うから、お母さんびっくりしちゃったじゃない。あ、そうなの。やだ、ごめんなさいね。この子が何も教えてくれないもんだから、私ったら勝手にベラベラ喋っちゃって、ほんとにもう、昨日の電話でちゃんと教えてくれればいいのに」

明らかにおふくろは動転していた。自分が動転していることを隠そうとすればするほど動転した自分を制御できないようだった。

「とにかく、中に入ろうよ」

あたふたしているおふくろをよそに、俺は響子の手を引いた。深く一礼した響子が靴を揃えて上がる。

「お父さん！　お父さん！　俊平、帰ってきましたよ！」

おふくろが廊下の奥に声をかける。

「うるさいな。そんなに叫ばなくても大丈夫だよ」

俺が呆れて笑うと、おふくろも自分の必要以上な大声に気づいたようで、「あ、そうね。ごめん、ごめんなさいね」と俺ではなく、響子に謝った。

廊下を進んで居間へ入ると、親父がすでにビールを飲んでいた。テーブルにはいろんな四人分の食器がセットされ、小鉢にうまそうななまこがもられている。

「響子さん、お酒、飲めるんでしょ？」

あとをついてきたおふくろが、片手で響子の背中に触れながら、もう片方の手で日本酒を飲む真似をする。

「飲めるよ」

代わりに俺が答えると、

「だったら、ちょっとこの辺のをおつまみに、ビールでも飲んでてね。すぐに支度するから」

と、おふくろが響子の席の小鉢を揃え直す。

二人のやりとりを眺めながらも、「ただいま」と親父に声をかけた。親父はちらちらと響子の様子を見ていたが、玄関での会話が聞こえていたようで、「まぁ、座りなさいよ」と、声を出さずに響子の椅子を引いてやる。

「お前、ビール飲むなら持ってこいよ。これ、もう入ってないぞ」

親父がそう言って缶ビールを振ってみせる。すぐにおふくろが、「あ、すぐ持ってくるから」と響子を椅子に座らせて台所へ駆け込んでいく。

とりあえず席に落ち着くと、俺は響子を親父に紹介した。

「初めまして」

多少、ぎこちなかったが、親父が響子に笑顔を向け、「大変だね」とちらっとその耳を見る。

「ゆっくりと口を動かして話せば、だいたいは理解できるから」

おふくろが持ってきたビールをわざと乱暴に自分のグラスに注いだ。響子のグラスに注ごうとすると、缶を受け取った彼女が、すでに半分ほどになっている親父のグラスのほうへ手を伸ばす。

「あ、こりゃ、どうもどうも」

親父が慌ててグラスを持ち上げ、コポコポといい音が立つ。

注ぎ終わると、今度は親父が缶を取って、響子のグラスに注いでやった。響子はちらっと俺のほうを見て微笑み、親父とおふくろに順番にペコッと頭を下げた。

「お前も飲めば？」

親父に言われて、おふくろもグラスを手に取った。席があるのだから座ればいいのに、響子の横に立ったまま、親父からの酌を受ける。

「乾杯とかする？」

茶化すように俺が言うと、

「そりゃそうよ。一応お父さんの定年のお祝いなんだから」

とおふくろが慌てて言い、

「あのね。お父さんが定年退職なの。それで今日はみんなでお祝い」

と、響子にゆっくりと口を動かしてみせる。

理解したらしい響子が、「おつかれさまでした」とでも言うように親父に向かってグラスを上げる。それが契機になって、親父の前で四人のグラスが重なった。

正直なところ、予想していた通りの展開だった。

ある意味、あまりにも予想通り過ぎて、そら恐ろしくなるほどだった。

親父とおふくろは響子をきちんと迎え入れてくれた。響子も多少緊張はしていたが、そんな両親の前で、最後にはリラックスしているように見えた。

食事中はいつものようにおふくろが一人で喋っていた。ただ、響子がいるせいで、まず俺や親父に早口で喋る。たとえば、「お母さん、最近スポーツクラブで毎日三キロ歩いてんのよ。お父さんにも一緒に行こうって言ってんのに、ぜんぜん行かないのよ」と自慢話のような愚痴をこぼし、そのあとですぐに、

「あのね、私、スポーツクラブで毎日三キロ歩いてるの。で、このお父さんも誘うんだけど、不精だからぜんぜん来ないの」

と、ジェスチャーを交えて響子に伝える。

おふくろにはジェスチャーの才能があるようで、言葉はすんなりと響子に伝わった。

「三キロ？」

響子も指と表情で驚いてみせ、「そうなの。まだまだ元気でしょ？」とおふくろを

喜ばせる。

食事中、響子の耳のことについては、まったく話題に上らなかった。正直なところ、どう話題にしていいのか、二人とも分からなかったのだと思う。

響子が持参したフルーツタルトを食べ終えると、二階の自分の部屋へ上がった。すでにこの家を出てからかなり経つので、自分の部屋というよりも、若いころの自分の部屋がそのまま保存されているようで、どこか気恥ずかしさが先に立つ。

響子は棚から昔読んでいた本なんかを引っ張り出し、今では段ボールが積まれているベッドの隅に腰かけた。

「疲れた？」

横に座って尋ねると、疲れたような顔で首をふる。

「最終のバスが一〇時だから、もう少ししたら帰ろう」

腕時計を示しながら言った。響子の横顔にほっとしたような色が浮かんだ。

響子を部屋に置いて、一階のトイレへ向かった。特に音を立てずに階段を降りたわけでもないのだが、廊下の奥、さっきまで四人で食事していた場所から、

「いい加減にしろよ！」

と怒鳴る親父の声がした。

怒鳴るというよりも、怒鳴るのを押し殺すような声だった。最後の段に立ったまま、なんとなく一瞬、何に怒鳴っているのか分からなかった。

耳を澄ますと、おそらく台所に立っているのだろう、水音に混じって、おふくろの啜り泣く声が聞こえた。

最後の一段が降りられなかった。

あと一歩で廊下なのに、高くもない最後の一段が降りられず、響子が待つ自分の部屋へ戻った。

響子がとつぜん夏休みのハワイ旅行に積極的になったのは、実家へ連れて帰った翌週からだった。

それまではパンフレットを渡したり、良さそうなホテルをネットで調べて見せたりしても、「高すぎない？」とか、「ほんとに休み取れるの？」などと、行きたいのか行きたくないのか、よく分からない反応しか返ってこなかったのだが、どんな変化があったのか、とつぜんパンフレットを突き出してきて、

「ここに決めた。ここに行こうよ」

と穴が開くほどホテルの写真を叩いてみせた。

響子が選んだのは、結局一番高いホテルだった。ハワイ島にあるファラライというホテルで、一泊八万円もした。

以前、仕事で知り合った音楽家が、このホテルをべた褒《ぼ》めしていたのを思い出し、パンフレットにあったこのホテルを、半ば冗談で響子に勧めたのだ。

どうせ休みが取れたとしても四泊だったが、それでも格安航空券を入れて五〇万円が吹っ飛ぶ。ただ、この三、四年、仕事に追われて、ボーナスもほとんど手つかずのままだったし、一瞬、たまにはこれくらいの贅沢はしてもいいのかと思った。

「ほんとにここ？」

半ば意見を変えてくれることを望みながら確かめた。

響子は妙に生真面目な顔で、「そこ」と深く頷いた。まるで何かに挑戦するような目つきだった。

「知り合いが旅行代理店で働いてるから、明日にでも訊いてみるよ」と俺は言った。

「そんなに日にちがないから、空いてるかどうか微妙だけど……」と。

実家で食事をして以来、響子がその話を蒸し返すことはなかった。もちろん母親が啜り泣いていたことなど、彼女が知るはずもない。

あの日、最終のバスで帰ることを伝えると、おふくろと親父は玄関まで見送りに出た。ついさっき、啜り泣くおふくろを怒鳴る親父の声を聞いたばかりだったので、なんとなく目を合わせられずにいると、

「響子さん、また来てね。待ってるから。もしあれだったら、俊平抜きでもいいから」

とおふくろは言っていた。

おふくろの目が泣いたあとのように見えた。ただ、それを知らない響子にも、そう見えたかどうかは分からない。

おふくろに誘われて、響子は嬉しそうだった。いつの間に書いたのか、ごちそうになった短い礼をメモ帳に書いており、玄関先でおふくろの手に握らせていた。

「見つかったよ！　やっと見つかったぞ！」

興奮した保科から電話があったのは、すでに旅行代理店の知人に頼んで、ハワイの

ホテルを予約した翌日だった。

「……いや、とにかくいろんな人に頼んでたんだよ。現地に入る各国のＮＧＯの職員たちにはもちろん、知り合いのジャーナリストたちや、現地での知り合い、とにかくみんなに彼の潜伏先が分かったら、まず知らせてくれって」

　保科の興奮した声は収まらず、喫茶店で電話を取っていた俺は、その場で一緒に興奮するわけにもいかないので、とりあえず外へ出た。

　表に出ると、目の前の通りを走る車の排気ガスに包まれる。聞こえるはずもないのに、街中にあるエアコンの室外機がウンウン唸っているような音が足元から響いてくる。

「で、どこにいたんですか？」

　今にも吹き出そうな汗を押さえ込むように、俺は大声で尋ねた。正直、自分の気持ちよりも先に、からだが高揚しているのが分かった。

「どこだと思う？」

「焦《じ》らさないで下さいよ。まさか本当に国内にいたわけじゃ……」

「そう思うだろ？　いや、俺もほとんどそう信じかけてたんだよ。だとしたら、なかなか見つけ出すのは大変じゃないかって。とにかく、彼を見つけ出して、話を聞かないことにはこのドキュメンタリー番組は成立しないし、いや、番組のためっていうより、あのとき実際に何があったのか、彼にインタビューしないことには何も真相が摑めないもんな」

保科の前置きが長く、乾いていた肌に汗が滲んだ。日差しは強く、携帯を握った手が火照ってくる。

「で、どこなんですか？　今、どこに？」

「結局、隣国にいるんだよ。隣国と言ってもほとんど国境の町だけどな」

「国境の町に？」

「ああ。アメリカの空爆のあと、行方不明になってたのは本当らしいんだ。しかし、結局そんなに動いてなかったんだよ。『別の町のホテルで、使用人として働いてる』なんて噂もあったぐらいだぞ。実際、俺ももう半ば諦めてたんだよな。もしかすると、もう生きてないんじゃないかって」

「じゃあ、生きてるんですね。インタビューできそうなんですね？」

「そう焦るなって。まず、今回、彼に連絡を取ってくれたのは地元のジャーナリストで、信頼できる。まだ直接、居場所を確認したわけじゃないけど、九九パーセントの確率で連絡はつくらしい」

「で、何やってるんですか？　今」

「簡単に言えば、ある勢力下で保護してもらっている。悪く言えば、自宅軟禁ってとこかな。ただ、心配するほど重要視されてるようでもないらしい。場所は、俺も行ったことがないから詳しくは説明できないけど、あの町ではかなりの高級住宅地だな。ただ、難民も多い。地元のジャーナリストの話だと、元政府高官たちが他にも何人かそこにいるらしい」

　保科の話を聞きながら、ガードレールに腰を下ろした。日に灼けたガードレールは熱く、すぐ背後を耳障りなエンジン音を立ててバイクが走り抜けていく。

　徐々にではあったが、外堀を埋めるように主要人物たちへのインタビューを続けてきていた。歴史学者のロベール氏への取材を皮切りに、元ユネスコの特使、元国連の政務官、各国のジャーナリスト、ＮＧＯ職員など、この二ヶ月で各地に散らばる証言者たちの声を聞くために、地球を三周ほどした計算になる。

ただ、これまでに話を聞けたのは、今回の大仏爆破阻止に動いた人たちで、実際の内側からの声には、未だに近づけないでいた。

それがここに来て、保科の電話だ。

保科がやっと見つけ出したのは、当時、情報文化次官という役職にあった男だ。外堀からの声を聞く限りでは、「大仏の破壊は私たちの本来の意思でも、方針でもありませんでした。私たちの大部分は破壊に心から反対だったのです」という彼の言葉からも分かるように、最後の最後まで破壊に反対していた人物でもあるらしかった。

ある意味で、すべてを知っている男に違いなかった。

その彼が見つかったのだ。

この数ヶ月、ずっと胸の内にあった問いかけ、「なぜあなた方は大仏を破壊したのですか?」という問いかけが、熱いガードレールに腰かけたまま何度も口からこぼれそうになる。

保科からの電話を切ると、すぐに諏訪に連絡を入れた。諏訪は電車で移動中だったらしく、「ごめん、あとでかけ直すよ」とすぐに切ろうとしたのだが、「ちょっと待て、聞けって!」と強引に保科からの電話の内容を話すと、「わ、分かった。ちょっと待て、今、駅に着いたから降りる！」と予想以上に慌てた。座席で眠りこけていたのだろう諏訪が、電車から駆け降りる様子が目に浮かんでおかしかった。

手短に保科から聞いた内容を話すと、諏訪の鼻息が荒くなった。

「ちょ、ちょっと待てよ。じゃあ、出発は……」

早速スケジュールを確認しているらしく、携帯にひどい雑音が入る。

考えてみれば、自分もスケジュールを確認しておくべきだったのだが、保科から取材日程の希望を伝えられたとき、他に何があろうと行くつもりだったので、喫茶店に戻ってスケジュール帳を確認することをしなかった。

「俺は大丈夫だけど、お前、その週、ハワイじゃなかったっけ？」

電話に諏訪の声が戻った。

「あ……」

思わず声が漏れた。

「ハワイのバカ高いホテルに予約したって言ってなかったか？」

諏訪に言われて、「そうだ、その週だ」と力なく答えた。ただ、答えながら頭に浮かんでいたのは、響子に謝っている自分の姿だった。

会社に戻ると、旅行代理店に連絡を入れて取材旅行のチケットを手配した。こちらから言うつもりだったが、向こうも気づいたらしく、すぐにハワイのチケットのことを訊かれた。

「とりあえずキャンセルで」

たったの一言だった。

電話を切ると、とつぜん慌ただしくなった。

諏訪が早速上司に知らせたらしく、漠然としていた番組内容が、今回の取材ではっきりと方向性が決まり、次の編成会議で放映日が決まる可能性があった。

企画書を書き直し、最終的に四九分の番組にすることにした。今回の取材がなければ、外堀からだけの証言なので、最悪、ニュース番組の一五分ほどの特集として扱われる可能性のほうが高かったのだ。

企画書を書き直し、諏訪と取材の打ち合わせをして、会社を出たのが一一時過ぎだった。自転車で夜の外苑を抜けていると、夜気の中、夏虫の声が聞こえた。

アパートへ戻ると、響子が来ていた。

来るというメールもなかったので、一瞬、驚いたが、

「特に用はない。散歩がてら歩いてきただけ」とメモに書く。

帰り道にコンビニで買った缶ビールを二人で飲んだ。

「何か作ろうか？」

と、響子が台所のほうを指差したが、会社でピザを食べてきていたので、「いらない」と断った。

実際、用はないらしかった。外苑を抜けるときに感じた夜気に誘われるように、響子もちょっと散歩の距離を伸ばしただけなのだろう。

缶ビールを飲みながら、ハワイのことをどう謝ればいいかと悩んだ。延期という言葉を使うのは簡単でも、実際問題、次に休みが取れるとすれば正月休みくらいしかない。ここで延期というよりは、中止と潔く謝ったほうがいい。

空いた缶ビールを片付ける響子の肩を叩いた。

開けたサッシ戸から夏の風が吹き込んで、風を孕んだレースのカーテンがテーブルに置かれていた響子のバッグを包んだ。

ハワイのことを謝ろうと、メモ帳を探していると、響子がバッグを開けて中から何

やら取り出した。

探し出したメモ帳を片手に眺めていると、響子がパスポートを取り出してみせる。

「パスポート？」

声に出して尋ねた。響子がなぜかとても嬉しそうに微笑む。

一瞬、何か嫌な予感がした。

嬉しそうな響子に渡されたパスポートは新品だった。

響子は俺の手からメモ帳を奪うと、椅子に腰かけて何やら書き始めた。

「今日、パスポートできた。やっぱりうれしいね。これまでなんで海外に行く勇気が出なかったのか、すごく不思議。簡単なのにね」

渡されたメモ帳にはそう書いてあった。

書かれた文章を、続けて二度読んだ。なぜか、夕方、旅行代理店の知人に告げた自分の言葉が思い出された。

「とりあえずキャンセルで」

たったの一言だった。

悪気のない、たったの一言だった。

V

朝、いったんアパートへ戻ってシャワーを浴びた。一時間でも眠りたかったが、浴室を出て旅の支度を終えると、そろそろ成田へ出発しないとならない時間になっていた。

丸二日間、一睡もしていなかった。二日目の夜には、五秒思考が止まると眠ってしまいそうで、そのたびに「機内で寝ればいい」と自分で自分に言い聞かせ、今にも閉じそうな目を強引に見開いた。

明け方、早朝の番組を担当している同期の麻生と喫煙ルームでばったり会った。入社したころにはよく一緒に酒を飲んだりしていたのだが、五年ほどまえに彼女が結婚して以来、会社の外で会うことはなくなり、一昨年、彼女は離婚してしまったのだが、残念ながらそれを契機にまた一緒に飲むようになることはなかった。

喫煙ルームで煙草を吸う彼女の横で、紙コップの珈琲を買った。部屋に入ったとき、互いに目で軽く合図は送っていたが、言葉を交わしてはいなかった。

紙コップに珈琲が注がれるのを待っていると、背中に彼女の視線を感じた。ただ、なんとなく振り返りづらくて、じっと自動販売機の取り出し口を見つめていた。

「まさか、そのまま珈琲持って、出て行っちゃうわけじゃないよね？」

背中に彼女の笑い声が聞こえた。

さすがに振り返り、

「二日も寝てないんだよ」

と苦笑すると、

「あーあ、早川くんも、とうとう忙しぶるような業界人になっちゃったかぁ」

と彼女が笑う。

一瞬、「忙しぶってなんかないよ。実際、忙しいんだよ」と言い返そうかとも思ったが、朝の四時にすでに出勤している彼女の前で、その言葉は無力に思えた。

「どう？　朝の番組、大変なんだろ？」

ねぎらうつもりでそう尋ね、やっと注がれた珈琲を取り出した。

「早川くん、今、何やってんのよ？」

こちらの質問には答えず、逆に彼女が訊いてくる。

「俺？　俺は……、明日からパキスタン」

「パキスタン？　取材？」

「そう」

「今、バラエティ担当してるんじゃなかった？」

「いや、そうなんだけど、ちょっと副業でね」

熱い珈琲を一口飲んだ。決して旨い珈琲ではなかったが、寝ぼけた頭が少しだけすっきりはした。

「何？　極秘なわけ？」

まだ長い煙草を灰皿に押しつぶした彼女が訊いてくる。

「別にそんなんじゃないよ。ただ、モノになるかどうか分からないからさ、あんまり前宣伝したくないだけ。そのままお蔵入りしたらかっこ悪いだろ」

「お蔵入りしそうなんだ？」

「明日からの出張次第かな」

彼女は、「ふーん」と気のない返事をすると、

「まぁ、頑張ってよ」

と、俺の背中を強く叩いて出て行った。

なんとなく廊下を歩いて行く後ろ姿を見送った。さすがに年齢は重ねているが、その後ろ姿に出会ったころの清潔感は健在だった。

お互いに結婚を前提に付き合っていたわけではなかった。お互いにまだ入社したばかり、自分に何ができるのか、自分に何が残せるのか、ただそれだけを考えて、がむしゃらに働いていた。

働けば働くほど、からだは疲弊していくが、逆に性欲だけは衰えなかった。いや、疲れれば疲れるほど、誰かを抱きたくて仕方なかった。

もしかすると、彼女にもそんな気持ちがあったのかもしれない。気がつくと、殺人的な忙しさの合間を縫って、ホテルでの短い逢瀬を楽しんでいた。

情けない話、そんな生活に先に音を上げたのはこっちだった。彼女を抱くより、眠りたいと思うようになっていた。不満も言わず、彼女からの誘いはなくなった。

一度だけ、別の男を見つけたのかと、嫉妬がましいことを言ったことがある。

「男がいなくても仕事はできる。でも、仕事がなかったら、私、男と付き合っていく自信ないのよ」

と彼女は答えた。

正直、彼女が何を言いたいのか分からなかった。もう別の男ができたのだと言われたようにも思えたし、私には男なんか必要ないと言われたようでもあった。

トランクに一週間分の荷物を詰めて、とりあえずソファに座った。ちょっとでも気を許すと、そのままソファに倒れ込み、一五時間は眠り続けてしまいそうだった。

アパートへ戻ったときに、一瞬迷ったが、ぐっすりと眠っている響子を起こした。どうせ一時間半ほどしかないのだから、眠らせたまま黙って出て行くつもりだったのだが、食卓に、「何時でもいいから、起こして」と書かれたメモがあり、さすがにこっそりと出かけてしまうわけにはいかなかった。

それでも先にシャワーを浴びてから、響子を起こした。まだ七時を回ったばかりで、雨でも降るのか、カーテンを閉め切った部屋は真っ暗だった。

「すぐ出かけなきゃならないんだ」

と時計を指差した。

響子はすぐに起き出して、珈琲を沸かしてくれた。

今回の旅行がどれくらいになって、どこへ行くのか、一応、響子にも伝えていたが、実際、行ってみないと何がどうなるのか分からない出張だった。

珈琲を飲むと、出かける時間が迫っていた。

響子が食パンを持ってきて、

「焼こうか？」と訊くので、

「時間がないんだ」

と、また腕時計を指で叩いた。

慌ただしく珈琲を飲み干し、重いトランクを引きずって玄関へ向かった。

駅まで送るつもりなのか、響子が慌てて着替えようとする。

「いいよ！　時間ないから！」

聞こえるはずもないのに、玄関先から声をかけ、多少、面倒臭く思いながらも、靴を履いたまま、リビングへ戻り、服を着替える響子の肩を叩いた。

「いいよ。時間ないから」

ジェスチャーでそう伝えた。

響子は、「うん、うん」と言いながらも、慌ててジーンズに足を通した。

結局、響子は駅前まで見送りに来てくれた。

眠いのもあったし、トランクが重いのもあったし、時間がなかったこともあって、駅に着くまで、会話はおろか、顔を見合わせることもなかった。

切符を買って、

「じゃ、行ってくる」

と、初めて言葉をかけた。足はすでに改札のほうに向いていた。

歩き出そうとすると、響子がふと思い出したように、ポケットから一枚のメモを取り出す。背後で電車の到着を知らせるアナウンスが流れていた。

千切るようにメモを取ると、

「いってらっしゃい。気をつけてね。時間があったら、メール送って下さい」

と書いてある。

俺は、「分かった」と二度頷いて、微笑もうとした響子に背を向けた。

改札を抜け、ホームへの階段へ向かった。階段を上がる手前で振り返ったのだが、ちょうど背後を歩いてきた男の頭が邪魔をして、向こうに立っている響子が見えなかった。一歩下がれば、手を振れたのに、それが面倒で階段に足をかけた。

重いトランクを持ち上げて、階段を半分ほど上がったところで、とつぜん申し訳ないと思った。わざわざ駅まで来てくれたのに、手も振らずに行こうとする自分が、何にそんなに焦っているのか分からなくなった。

電車は到着しそうだった。こんな気分で旅に出るのは気分が悪い。トランクをその場に置いたまま、気がつくと階段を駆け下りていた。

だが、改札の向こうに、響子の姿はすでになかった。

パキスタンの首都イスラマバードへたどり着くまでの二〇時間ほどを、機内で、空港のベンチで、そして乗り継いだ別の機内で、ほとんど寝て過ごした。

徹夜した二日間の疲れだけではなく、この数週間、取材に追われ、編集を急ぎ、まともに睡眠も取れなかった日々の疲れが、一気に押し寄せてきたようだった。

空港には約束通り保科が地元のガイドと出迎えに来てくれていた。

なるべく少人数で、と指示されていたので、こちらはカメラクルーと俺でたったの四人だった。保科はこちらの人数を確認すると、「よし、よし」とでも言うように頷いた。

一緒に来たスタッフ三人のうち、二人は前回もここイスラマバードへ来ていたので、それほど珍しくもないようだったが、今回初めて同行した音声の立木だけが、早く空港の外へ出て、ここイスラマバードの空気を肌に受けたいと言わんばかりに、重い荷物を肩にかけたまま、背伸びして出口のほうを窺っていた。

「外にワゴン車を待たせてあるから」

一通り再会の挨拶が済むと、保科の合図でみんなは一斉に動き出した。その瞬間、すっと歩調をゆるめた保科が横に立ち、

「実は、ちょっと予定が変わったんだ……」

と耳元でぼそっと囁《ささや》く。

一瞬、インタビューが中止されたのかと思い、「え？」と立ち止まって声を上げてしまった。ただ、その表情を見て保科が笑い出し、

「いや、インタビューはできるよ。ただ、さっき突然連絡が入って、あさっての予定を明日に変えてほしいってことなんだ」と言う。

「明日?」

思わず上げてしまった声が、重い機材を抱えた立木たちにも聞こえた。予定ではこれからホテルにチェックインして、明日の朝までは休息を取り、その後、今回のインタビュー相手、タリバン政府のかつての情報文化庁次官であるホタクのいるペシャワルへ向かう予定だったのだ。

幸い、機内や空港のベンチで熟睡できた俺は、長旅の疲れもそれほどなかったが、狭いエコノミーシートにからだの大きな男ばかり四人並んだ長旅で、一睡もできなかったスタッフたちは、さすがに顔色を悪くしている。

それでも立木たちは何も聞かなかったふりをして、少し歩調を早めて歩き出した。あさってだろうが、明日だろうが、仕事はやる。だから、あとはそっちで段取りしてくれと、その背中が言っていた。

「なんでまた急に?」

ガイドやスタッフたちを先に行かせて、俺は改めて保科に訊いた。数日髭《ひげ》を剃《そ》っていないらしく、太い毛が保科の首にも生えている。

「事情は分からないよ。ただ、あさってだと確実に会えるかどうか分からなくなったらしい」

「明日なら確実に会えるんですか？」

「ああ、明日なら会える」

「でも、ここからペシャワルまで……」

「一六〇キロほど。ただ、日本の道と違って時間はかかる」

「じゃあ、出発は？」

「確実なのは、このままワゴンに乗って向かう」

「このまま」

「そうすれば、夜には向こうに着く。今日中にペシャワルに着ければ、たとえ明日、また向こうが時間を変更してきても、どうにか動ける」

「時間を変更される可能性もあるってことですね？」

「ないとは言えないな」

　多少距離は離れていたが、異国の言葉が飛び交う中で、こちらの会話は前を歩く立木たちに全部聞こえていたらしい。荷物をトランクに入れ終わった立木たちが、言いにくそうに突っ立っているこちらに向かって、諦めたような笑みを浮かべる。

舗装された道は一時間ほどで途切れてしまった。その後はかなり車が揺れていたのだが、さすがに疲れていたようで、そんな中でも立木たちはうとうとしていた。

もっと厳重な警備を予想していた。しかし、ガイドに案内された郊外の古い住居には門番さえ立っていなかった。

「ここにホタクが住んでるんですか？」

思わず横に立つ保科に尋ねると、彼自身も半信半疑なようで、

「そ、そうらしいな」

と言葉を濁す。

ガイドが白いペンキで塗られた門に手をかけようとしたときだった。とつぜん背後から男の声がした。驚いて振り返ると、身なりのいい少年が二人立っていた。

ガイドが何やら告げると、少年たちは訳知り顔で門を開けてくれ、

「ついてこい」

とでも言うように手招いた。多少、言葉の分かる保科が、

「彼らが案内役みたいだよ」

と耳元で教えてくれる。

門が開くと、小さな広場があった。広場というよりも、空き地と言ったほうがいい。空き地を囲むように建てられた簡素な二階建ての家に、かつてタリバンの情報文化庁を仕切っていた男が住んでいるのだ。

外階段を上がって、二階へ上がった。木製の扉を開けて中へ入ると、外観からは想像できないほど長い廊下がのびており、開けっ放しの窓から強い日が差し込んでいる。ときどき振り返りながら進んで行く少年たちを追った。突き当たりに明るい空色のペンキで塗られた扉があった。少年たちは、「ここだ」とでも言うように顎をしゃくった。ガイドが何やら質問し、少年たちの答えに頷く。

「この中で待ってるらしい」

保科が言った。

俺は立木たちと顔を見合わせた。すでにカメラマンは撮影を始めている。

少年たちは扉を開けると、何やら中に声をかけて、再び歩いてきた廊下を戻っていった。部屋の中から客を呼び込むような男の声が聞こえる。

コンクリート床の八畳ほどの部屋が二つ続いていた。床は埃っぽいのだが、高価そうな絨毯《じゅうたん》が敷いてある。家具はなかった。

ホタクはそこに立っていた。情報によれば、現在、四十八歳。小柄で、イスラム原理主義者の証として、長い髭を伸ばしている。

ガイドに紹介されて、まず保科が握手した。二、三言、今回の取材を受けてくれたことへの礼を言い、すぐにこちらを紹介してくれる。

取材など、もう腐るほど経験してきたはずなのに、ひどく緊張している自分に気づいた。

「今日は、なぜバーミヤンの仏像が爆破されたのか、それだけを訊きたくて、ここまで足を運びました」

思わず自己紹介もそこそこに、そんなことを言ってしまった。あまりにも素人臭い言動に、立木たちはもちろん、保科までが狼狽《うろた》えたようだった。ただ、ガイドだけは仕事を全うした。すぐに訳された挨拶を訊いて、ホタクは深い皺を浮かべて微笑んだ。

そして、俺の手を強く握ったまま、

「その前に、少し長い話をさせて下さい」

と静かに言った。

その夜、立木とホテルの狭い部屋で酒を飲んだ。夕食時には保科など他のスタッフも一緒で、インタビューのことや今後の編集のことなど、かなり長い時間話し合ったのだが、それでも足りずに立木が、成田の免税店で買ってきたらしいバーボンを持参して、部屋へやってきたのだ。

ホテルと言っても、薄いマットレスが敷かれたベッドが置かれただけの部屋だった。壁は何度も塗り直したらしいペンキがところどころ剝がれており、現在は白く塗られている壁が、その前に何色だったか、そしてその前が何色だったか、なんとなく分かるほどだった。

テーブルや椅子もなく、部屋に入ってきた立木は、マットの敷かれていないほうのベッドに腰かけた。ボトルを床に置き、フロントでやっと手に入れてきたらしいプラスチック製のコップに酒を注いだ。

エアコンはついていたが、音の割に効きが悪かった。窓を開けようにも網戸もなく、ガラスの向こう側には無数の羽虫がへばりついている。

「お前と仕事すんの、何年ぶりだ?」

一杯目の酒を飲み干した立木に訊かれ、

「三年、いや、四年ぶりかな。ほら、群馬の日系人コミュニティの番組作ったとき」

と答えた。

「ああ、そうだ。あれが最後か」

「たしか、あのあと、お前、地方行ったんだよな？」

「札幌な。札幌に二年」

「で、俺が報道外されて……」

「外された割には、未だにこんなところに来てんじゃねぇか」

立木の言葉に、乾いた笑いが起こった。まだ二日しかこの国にいないのに、すっかり日に灼けてしまった顔に、痛々しい皺が浮かぶ。

「お前、結婚したんだよな？」

床からグラスを取り上げて、立木のコップに注いでやった。

ベッドとベッドの間が広く、互いに伸ばした腕が震えて、琥珀の酒がコンクリートの床にこぼれた。こぼれた酒はゆっくりと立木のスニーカーのほうへ流れていった。流れ方を見る限りでは、かなり床に傾斜があるらしい。

「お前、まだなんだろ?」

注いでやった酒を一口飲んで、立木が興味なさそうに訊いてくる。

一瞬、響子のことを話そうかとも思ったが、何をどの程度話せばいいのか分からず、やめた。

「しかし、世の中、ほんとに知らねぇことばっかだよ」

板敷きのベッドに、立木がそう言いながらからだを伸ばし、腹の上に酒を満たしたコップを置く。

「……四年前の日系コミュニティのときもそうだったけど、お前と仕事すると、本当に自分がいろんなことを何も知らないまま、生きてるんだって反省させられるよ」

「俺だって、何も知らないよ。知らないから、必死に知ろうとしてるだけで」

「だけど、他の人と組んでも、不思議なもんでこういう気持ちにはならないんだよなぁ。一緒に取材なんかして回って思うけど、みんな、知ろうとしてるんじゃなくて、伝えようとしてるんだよな。まぁ、それが仕事なんだから、本当ならそっちのほうがいいんだろうけどさ」

「俺だって、伝えるつもりで制作してるよ」

立木が批難していないことは明らかだったが、半分照れ隠しでそう答えた。

「お前の場合、子供と一緒なんだよな」

立木が無理な体勢で首だけ曲げて、酒を飲む。

「子供？　ひどいな」

「いや、そうじゃなくてさ、子供って、誰かに伝えたいと思って、木に登るわけじゃないんだよ。木に登ったらどんな景色が見えるのか、ただ、それが知りたくて登るだけなんだよ。でもさ、年取ってくると、木に登らなくなる。万が一、登ったとしても、それを誰かに伝えたいって気持ちが先に立つ」

立木が何を言わんとしているのか、なんとなくは分かった。ただ、長旅の疲れのまま、仕事をこなし、やっと戻ってきたホテルで、わざわざ深夜に語り合うようなことでもなさそうだった。

「俺、そろそろ寝るよ。明日の朝、また保科さんたちとちょっと打ち合わせあるから」

素っ気なくそう言うと、

「あ、分かった。俺も寝るよ」

と立木も素直にからだを起こす。

「明日の午後にはイスラマバードに戻るから。みんなにもそう伝えといてくれよ」と俺は告げた。

また部屋で飲むつもりなのか、床のボトルを掴んだ立木が、「了解」と答えて、部屋を出て行く。ドアが閉まる寸前に、「あ、そういえば、フロントならネット繋がるみたいだぞ」と教えてくれた。

立木が出て行って、ベッドに横になると、とつぜん疲れを感じた。午後に行ったホタクへのインタビュー時から、もう何時間も緊張が続いていた。大きく息を吐き出すと、久しぶりに呼吸をしたような錯覚に陥った。

ネットが繋がるのであれば、メールだけでも確認しておこうかと思った。ただ、一階へ下りていくどころか、閉じた目を開けるのさえ、もう面倒だった。

からだは疲れ果てているのに、不思議と頭だけははっきりしていた。今にも天井から落ちてきそうなほど、エアコンが身を揺らしている。さほど冷たい空気を出しているわけでもないくせに、その動きだけは大げさで、思わず笑いがこみ上げてくる。

エアコンの大げさな音を聞きながら、しばらく目を閉じていると、これまでに揃えた映像素材が頭の中で流れ出し、そこに自分なりのナレーションが重なってくる。

カメラはまず爆破される前のバーミヤンの大仏を遠景でとらえている。高い青空に雲はなく、断崖絶壁をえぐるように彫られた歴史的遺産。

カメラは徐々に断崖へと寄っていく。寄れば寄るほど、崖をくり抜いた洞窟は暗く、漆黒《しっこく》の影が中へと伸びている。

ここに、バーミヤン遺跡を紹介するナレーションが入る。声は女性のほうがいい。ナレーションが終わる。終わったとたん、耳をつんざく爆発音。

画面一杯に灰色の爆風が広がっていく。

「大仏の破壊は、タリバンの本来の意思でも、方針でもありませんでした。私たちの大部分は破壊に心から反対だったのです」

つい数時間前に映像におさめたホタクの言葉がよみがえる。実際、そうだったのだろうと思う。彼が嘘をついているとは思えない。

ではなぜ、結果はこうなってしまったのか。

当時、誰も知らなかったのだ。まさか、バーミヤンの大仏がタリバンの手によって破壊されようとしているなど、誰も知らなかったのだ。

そこまで考えて、いや、そうではない、という声が響く。

私たちは知っていた。知っていたのに、関心を持たなかっただけなのだ。

そう。知っていたのに、もしかすると爆破されるかもしれないと思っていたのに、心のどこかで、いや、そんなはずはない、そんなことが起こるわけがないとたかをくくっていたのだ。

爆破中止に動いた人たちは大勢いた。ただ、その声が届いてこなかった。いや、届いていたのに、聞こえないふりをしたのは誰か。

何がどうなろうとしているのか分かっていたのに、楽観的な気持ちのほうを信じて、声を上げなかったのは誰か。

大丈夫だと思う気持ちはどこからくるのか。

大丈夫だと思いたい気持ちはどこからくるのか。

大丈夫だと思えない気持ちは、いったいどこへ行ってしまったのか。

気がつくと、遠くでドアをノックする音が聞こえていた。眠り込んでしまったらしかった。電気はつけたままで、自分がどれくらい眠ったのか、外が明るいのか、まだ暗いのか分からなかった。

しばらく夢うつつにノックの音を聞いていると、

「おい、もう寝たのか？」

という立木の声がした。

「い、いや……。なんだ？ どうした？」

声を出すと、喉《のど》がひどく渇いているのが分かった。

蝶番《ちょうつがい》の軋む音が響いて、ドアが開けられた。

眠そうな顔を突き出してきた立木の手に、枕と毛布がある。

「どうした？」

重い頭をふって、からだを起こすと、

「いや、それがさ、俺の部屋、水漏れなんだよ」

と舌打ちをする。

「水漏れ？」

バッグに手を伸ばして、ペットボトルの水を飲んだ。ひどく生温い水だったが、それでも喉の渇きは癒えた。

「ああ、上の階の洗面台かららしいんだけど」

「ひどいのか？」

「今、ホテルのスタッフに見てもらったけど、すぐには修理できないって。そんで、とりあえず水が落ちてこない場所にベッドを移動してもらったんだけど、いつそっちに流れてくるか分かんねぇんだよ」

立木がそう言いながら、空いたベッドのほうへ目を向ける。

「いいよ」

あごをしゃくると、立木は礼も言わずに入ってきて、そのまま枕を抱えてベッドに倒れ込んだ。

「今、何時だ？」

訊きながら腕時計を確認しようとすると、

「まだ一二時だよ」

と寝返りを打ちながら立木が答える。

ベッドを降りて、電気を消した。ちょうどホテルの看板が窓の外にあり、そのライトが部屋の中を白く照らす。

「明日、出発一〇時ごろだよな?」

ベッドに再び寝転ぶと、立木の声が聞こえた。「ああ」と短く答えた瞬間、窓の外から男たちの笑い声が響いた。もちろん言葉は理解できないが、何か楽しげな会話が通りを遠ざかっていく。

寝転がったまま、ペットボトルの水を飲み干した。できれば水を顔にかけてしまいたいほど、からだが汗ばんでいた。

電気を消したので、よほど窓を開けようかと思ったが、ガラス窓に張り付いた羽虫はあいかわらず飛び立とうとしない。

「なぁ、もう寝たか?」

さっきの今で寝ているはずもないのだが、なんとなくそう立木に声をかけた。すぐに隣のベッドから、「いや」と答える声がする。

「俺たちって、いつから、いろんなこと疑わなくなったんだと思う?」

用意していた質問ではなかった。なのに、すらすらとそんな言葉が口をついた。

「はぁ?」

呆れたような立木の声に、一瞬怯《ひる》みそうになったが、

「いや、なんかさ……、俺たちって何かを信じてるんだよな？」

という言葉が、また勝手に口から出てくる。

「何かって？」

面倒くさそうではあったが、立木の声が返ってくる。

「いや、だから、それが分からないんだよ。ただ、なんかそう思うんだよな。何にそんなに自信があるのか、まったく不安って感じないだろ？ いや、もちろん、不安って言っちゃえばいろいろあるよ。実際、三万人も自殺するヤツがいるって話だし……。でも、そうじゃなくてさ、なんていうか、どっかで大丈夫って思ってるところがあるだろ？ 何に対しても。その自信というか、思い込みってさ、一体どこからくるんだろうな？」

そこまで一気に話してみた。何か返事があるだろうと、かなり長い時間待った。しかし、やっと返ってきた立木の言葉は、

「悪いけどさ、俺、眠いんだよ。せっかく寝てたところを水漏れで起こされて」

という肩すかしを食らうようなものだった。

「いや、もちろん不安じゃないほうがいいんだけどな。ヘンに不安を煽《あお》るような世の中なんかより、もちろん逆のほうがいいんだけどな」

立木の言葉を無視して言った。

立木に伝えたかったわけではなくて、そこまで言わないと、自分の気持ちを完結させられなかった。

立木からの返事はなかった。ガラス窓に目を向けると、さっきまでへばりついていた一番大きな羽虫が、いつの間にか飛び去っていた。

バンコク経由で成田空港に到着したのは、月曜日の夕方だった。

さすがにこの日はそのまま自宅へ戻るつもりだったのだが、まるで到着したのをどこかで見ていたかのように、同僚の諏訪から連絡が入った。

「もしもし」

多少、うんざりしながら電話に出ると、「お疲れさま」という短いねぎらいもないまま、一方的に興奮した調子で話し始める。

「今、どこだ？　成田？　ちょうどよかった。いや、実はさ、今朝、編成会議があって、そこで今回の俺らの番組が取り上げられたんだよ。そんで、進行状況説明したんだけど、ちょうど来月末の放送予定の番組が、なんかの理由で延期されたらしいんだ。たぶん、宇宙物の企画だと思うんだけど、それで部長が、もしそこに間に合うんなら、時間を取ってやってもいいって。ゴールデンの一時間枠だぞ！　ただ、こっちは、今まで深夜枠の三〇分番組のつもりでやってきただろ。どう思う？　いけると思うか？　もし可能性があるんだったら、今日中にお前に説明に来てほしいって。それで、とりあえず、行くって伝えてあるんだよ」

一方的ではあったが、正直、飛び上がるほど嬉しい報告だった。

今回、ホタクへのインタビューを終えてから、深夜の三〇分枠じゃ、素材としてもったいないし、実際、編集でどれくらい重要な証言をカットしなければならないのかを考えると、悔しい思いを通り越して、強い憤りさえ感じていた。

「部長、何時までいるって？」

思わず辺りも気にせず大きな声で尋ねた。横を歩いていた若い女が、びっくりして足を止めるほどだった。

「八時くらいまでならいるんじゃないかな」

「八時か、じゃあ、やっぱりいったん荷物だけ家に持ち帰って、それからすぐ向かうよ」

「何時くらいになりそうだ？　先に知らせておくから」

「そうだな、じゃあ、七時半には着ける。そう伝えといてくれよ」

そう答えて電話を切ろうとすると、

「ってことは、来月末に放送するつもりなんだな？」

と諏訪が嬉しそうに訊いてくる。

「もちろんだよ。お前も、今回のインタビュー映像見たら、三〇分じゃもったいないって絶対に思うって」

電話を切ると、ちょうどバスが来た。ステップを上がる足取りが軽かった。

空港からのバスが新宿駅前に到着すると、ぱらぱらと雨が降り始めた。すぐにタクシーを捕まえられたのでよかったが、あと数十秒遅ければ、激しいにわか雨にびしょ濡れになってしまうところだった。

煙草を吸おうと少しだけ開けた窓の隙間から、湿った空気が流れ込んでくる。残暑の熱い路面を濡らした雨が、熱気となって立ち上っているのが分かる。

アパートに着いたのは、六時半を少し回ったころだった。荷物を置いて、すぐに出社しなければならない。

重いトランクを引いて居間に入り、閉め切られている窓を開け放った。ただ、吹き込んでくる風は弱く、数日間こもっていた空気は動かない。

とりあえずTシャツだけでも替えようと、ベッドルームへ入ろうとすると、居間のテーブルに響子からの置き手紙があるのに気づいた。

遠目に見ても、さほど長い文章ではない。おそらく、お帰りなさいくらいのものだと思い、あとで読むつもりで手に取らなかった。

Tシャツを着替えていると、携帯が鳴った。

電話は諏訪からのもので、「今夜、会食の約束があるらしく、部長は待ったとしても七時半では話を聞く時間がない」らしい。

「分かった。すぐに出るよ」

慌てて電話を切ると、すぐにトランクを開けて、今回収録した分のテープだけを引っ張り出した。資料は諏訪が用意してくれているはずなので、他に持参するものはない。

靴を履き、たった今、入ってきたばかりの玄関を出ると、雨脚がいっそう強くなっている。

運良く、タクシーはすぐに捕まった。さほど道も混んでおらず、七時過ぎには部長と会うことができた。

一五分ほど、今回の企画内容、取材状況を説明した。最初から許可するつもりだったのだろう、部長は出かける支度をしながら、最後に、

「一時間でいけそうか？」

と質問しただけだった。

もちろん強く頷いた。横で諏訪も、

「大丈夫です」と念を押す。

部長は弛《ゆる》めていたネクタイを締めると、

「じゃあ、やってみろ」と言った。

そう言って、足早に部屋を出て行った。

その後ろ姿が見えなくなると、どちらからともなく、「よしっ！」という言葉がこ

ぼれた。それがどちらの声なのか分からないほど、諏訪と自分の声が重なっていた。

「とにかく、見せてくれよ」

諏訪に背中を叩かれて、俺はバッグからテープを取り出した。すでに編集室を一つ押さえているらしかった。

編集室へと向かう道すがら、イスラマバードやペシャワルでの様子を諏訪に話した。話し方が楽しげだったせいか、

「なんか、大収穫だったみたいだな」

と諏訪が茶化す。

「とにかく丁寧に話してくれたよ。で、話してくれたことが、これまで取材してきた人たちの証言とまったく齟齬《そご》がない。編集作業、あんがい早く進むかもしれないぞ」

「だとしたら、演出に凝ろうぜ」

「また、ヘンな芸能人にナレーション頼むとか、そういうのなしな」

「分かってるよ」

「でも音楽くらいさ、ちょっと引きのいいのを使おうぜ」

いつも使っている編集室へ向かう間、互いに歩調が速くなっていくのが分かった。

長旅で疲れているはずなのに、驚くほどからだが軽かった。

ドアを開け、編集室の明かりをつけた。室内には何台ものモニターが並び、使い込まれた革椅子が乱雑に散らばっている。

モニターに流れ出す映像が目に浮かんだ。正直、自信があった。自分が間違えていないという自信。これから繋げていく映像が良いものになるという自信。そして、自分が伝えたかったメッセージが、かならず視聴者に届くという自信。

結局、その日、編集作業を始めてしまった。宅配の弁当を頼み、やっと一段落ついたのは朝の一〇時過ぎだった。

さすがに目も開けていられなくなり、まだ気力の残っているらしい諏訪だけを置いて自宅に戻った。

明るい部屋のカーテンを閉めていき、そのままベッドに倒れ込んだ。心底疲れてはいたが、不思議と幸せだった。汗ばんだからだも、数日洗っていない髪も、かなりベトついて気持ち悪かったが、不思議と気分よく眠りにつけた。

居間のテーブルに置かれていた響子の置き手紙を、やっと手に取ったのは、それから一〇時間も眠ったあと、夜の九時過ぎだった。

ひどく喉が渇いていて、ペットボトルの水をラッパ飲みしながら手に取った。

「あれ、これってもう読んだんだっけ？」

そう思ってしまうほど、置き手紙のことを忘れていた。

短い手紙だった。実際、なんてことのない内容だった。

「お帰りなさい。取材は順調だった？　さっき駅で見送ったあと、急に寂しくなってこの手紙を書いてます。なんでこんな気持ちになったのか、自分でも分かりません。とにかく、戻ったら連絡ください。響子」

読み終わり、また同じ場所に戻した。その上にペットボトルを置くと、表面の水滴が垂れ、紙面の文字が少し滲んだ。


結局、その日から三日間、編集室に閉じこもった。撮った映像を切り、繋げ、ナレーションを書き、書いたナレーションを、朝起きるたびに書き直した。

響子に連絡しようと思っていなかったわけではない。もちろんするつもりはあった。ただ、その時間がなかった。

「電話一本かける時間くらいないはずがない」

この言葉は世間の常識となっているらしいが、この言葉を聞くたびに、世間というのは暇なヤツばっかりなのだなと思ってしまう。

実際、いろんなことに追われていると、その一分が惜しくなる。そして、やっと時間ができたと思ったときには、すでに夜中の三時過ぎなのだ。言い訳がしたいわけではない。ただ、本当に電話をかける暇もないという流れが、世の中にはあるということだけは信じてほしい。

三日間の編集作業が終わって、いったんアパートに戻った。戻ったアパートは三日前に出かけたままで、グラス一つ、動いている気配はなかった。とにかくシャワーを浴びたかった。とにかく柔らかいベッドで眠りたかった。とにかく何もしないでいい時間を三〇分でもいいから作りたかった。

編集作業をやっているときに、ふらっと部長が顔を見せた。ちょうど画面ではホタクのインタビューシーンを編集している最中で、しばらく眺めていた部長が、

「知らなかったよなぁ」

とぽつりと呟いた。

部長が何を言いたかったのか、なんとなく理解できたので、わざと返事はしなかった。部長は壁際にあった椅子を引きずってくると、ちょこんと俺と諏訪の間に腰を下ろし、

「恥ずかしい話、タリバンも、アルカイダも、同じ組織だと思ってたもんなぁ」とため息をつく。

「俺らも一緒ですよ。な？」

諏訪に同意を求められ、「ああ」と素直に頷いた。

何も知らないわけではなかった。

なんとなく知っていることを、なんとなく知ったままにしていた。

大変なんだろうなとは思っていた。ただ、思うだけで、その大変さを想像しなかった。

苦しいんだろうなとは思っていた。ただ、思うだけで、その苦しみを想像しなかった。

一時間ほど眺めていた部長が何も言わずに編集室を出て行くと、

「気に入ったみたいだな」

と諏訪が微笑んだ。

実際、部下を褒めないことにかけては定評のある部長だった。褒めないということが、いい出来だという意思表示らしかった。

いったん自宅へ帰った翌朝、久しぶりに自分のベッドで寝たこともあって、気分よく目が覚めた。六時間ほどの睡眠だったが、その倍も眠ったような感じだった。シャワーを浴びて、久しぶりに自炊でもしようと近所のスーパーへ向かった。向かう途中に、響子にメールを打った。

〈ごめん。帰ってからずっと編集室にこもってたんで、連絡できなかった。これから昼飯なんだ。もし時間あれば、うちに来ないか？　これからなんか作るよ。今、スーパーに向かってる途中〉

送信して、しばらく待ったが返信はなかった。

返信よりもスーパーに着いたのが先で、かごを片手に買い物を始めた。返信はなかったが、一応、全て二人分ずつ買っていった。久しぶりにてんぷらでも揚げてみるつもりだった。

買い物を終え、アパートへ戻っても響子からの返事は届かなかった。

すでに二時を回っていた。さすがに響子の返事を待つには腹が減りすぎていた。もし来れば、あとで響子の分だけ揚げてやろうと思い、先に一人分だけてんぷらを揚げた。

海老、ホタテ、さつまいも、かぼちゃ……、自分の好きなものだけ次々に揚げていった。揚げたてのてんぷらを皿にも盛らずに、その場で頬張った。

電話がかかってきたのは、そんなときだった。

響子が家の電話にかけてくることはないので、一瞬、まだ編集室にいる諏訪からかと思ったが、諏訪ならば携帯にかけてくる。

「もしもし」

熱々の海老のてんぷらをつまんだまま電話に出ると、聞こえてきたのはおふくろの声だった。

「どっか行ってたの？」

そう訊かれ、「うん、ちょっと」と答えて、海老のてんぷらを口に入れた。

「この二、三日、ずっと電話してたのよ」

「ちょっと仕事で海外にいたんだよ」

「海外？　どこ？」

「うーん、いろいろ。それより何？　今、メシ食ってんだけど」

「今、ごはんなの？」

「そう。てんぷら」

「自分で？」

「そう。自分で」

「響子さんから、なんか言われた？」

小気味良い会話のリズムに乗ったまま、おふくろがさらっと訊いてきた。

「響子から？　何を？」

特に何も考えずに訊き返した。

「何をって、何も聞いてない？」

「だから、何を？」

いつもは、こんなもったいぶった話し方をするほうではなかった。

「あのね、十日くらい前だったか、お母さん、あなたのアパートの郵便受けに、響子さん宛の手紙を入れといたのよ。ほら、響子さんいつもそこにいるって言ってたし、お母さん、響子さんちの住所知らないし……」

すでに自分の非を認めたように、おふくろが早口で捲し立てる。

「手紙？」

「そう。お手紙」

「何の？」

「何のって……」

嫌な予感がした。

「まさか、なんかヘンなこと書いたんじゃないだろうな？」

無理に落ち着いた声で訊いた。意識しないと、怒鳴り出してしまいそうだった。

「別にヘンなことなんて書いてませんよ。ただ、あなたをよろしくお願いしますって。仲良くしてやって下さいねって、書いただけよ」

「な、なんだよ、それ。今までそんなことしたことないだろ？」

「そりゃ、そうだけど……」

「ほんとにそれだけか？　他にヘンなこと書いてない？」

「ヘンなことなんて書いてないって、ただ……」

「ただ、何？」

「だから、ただ、あなたのことをよろしくって……」

　おふくろの丁寧な手紙の文面が浮かんできた。誰かにわざと失礼な手紙を書いて送れるほど意地の悪い人間ではない。それは分かっている。それはよく分かっている。ただ、手紙には書き手の本心が、言葉からではなく、他の何かで伝わってくることがある。

「響子さんから、何も聞いてないの……」

　おふくろの声を無視して、響子がいつごろその手紙を受け取ったのか計算してみた。一〇日前に投函《とうかん》したとすれば、俺がパキスタンにいるころに、響子はそれを受け取っていたはずだ。なのに彼女は、一切、その話を伝えてくれなかった。

　テーブルにまだ響子からの置き手紙があった。少し文字は滲んでいるが、

「お帰りなさい。取材は順調だった？　さっき駅で見送ったあと、急に寂しくなってこの手紙を書いてます。なんでこんな気持ちになったのか、自分でも分かりません。とにかく、戻ったら連絡ください。響子」

と書かれた文字ははっきりと読み取れる。

パキスタンへ旅立つ朝、駅まで送ってくれた響子の姿が浮かんだ。改札の外で見送る響子を振り返ってみることもなく、階段を駆け上がったときの重いトランクの感触がよみがえる。

あのとき、俺はすぐに後悔して、階段を駆け下りた。でも、そこにもう響子の姿はなかった。

Ⅵ

冷房を強く効かせた編集室に長時間閉じこもっていたせいか、オフィスビルから外へ出ると、冷えきったからだに熱帯夜の空気が心地よかった。真冬に暖かい毛布を抱くような、そんな懐かしい感触だった。

自転車置き場へ向かおうとすると、歩道の街路樹の下で電話をしている女の姿が目に入った。横顔だけしか見えなかったが、同期の麻生に違いなかった。

見るともなしに、街路樹の下に佇《たたず》む彼女を眺めていると、視線に気づいたらしく、

「ちょっと、待ってて」

とでもいうような合図を送ってくる。

会社へ戻ってきたというよりも、すでに仕事を終え、これから帰宅するような雰囲気だった。

三分ほど待っていると、電話を切った麻生が駆けてきて、

「ごめん、ごめん。今日はもう帰るの？ 早いじゃない」

と携帯をバッグにしまいながら訊いてくる。

「最近、またずっと泊まり込みだったらしいね」

こちらの返事も待たずに麻生が続ける。

「なんだかんだで手間取っちゃってさ」と俺は答えた。

「この前、諏訪くんに訊いたけど、今度の番組、相当いい出来に仕上がってるらしいね。いつ見られるのよ？」

こうも素直に期待されると、自信はあっても、これくらいの自信で大丈夫なのかと不安になってくる。

「さっき、やっと完成させたところだよ。もちろん、まだ微調整はあるけどな」

いつ見られるのかという質問には答えず、状況だけを説明した。

「ねえ、このあと、時間ない？」

ふいにそう尋ねられ、思わず、「え？」と妙な表情をしてしまった。

すぐにその表情の意味を察したらしい麻生が、

「違うよ。そういう誘いじゃないって」と呆れたような顔をする。

「わ、分かってるよ」

慌ててそう答えた。もう何年も前のことになるが、こうやって彼女と数時間をホテルに過ごしにいっていたころが思い出される。

「一応、編集終わらせたんでしょ？　だったら、そのお祝いに何かごちそうするよ」

麻生が有無を言わせぬ口調でそう言うので、一瞬、迷いはしたが素直に誘いを受けることにした。

「何、食べたい？」

すでに歩き出していた麻生に訊かれ、

「ビール飲みたい」と勝手に口が動いてしまった。口にしたとたん、冷えたビールが喉を流れ落ちる感触がしてくる。

向かったのは明治記念館のビアガーデンだった。予約ができないので、空席があるか心配だったが、まだ六時前で、幸い数分で二人分のテーブルが空いた。

案内されたのは青々とした芝生に設けられたテーブルだった。芝生の向こうでは日本舞踊が演じられている。

まだ気温は三〇度近いはずだが、芝生の匂いがかすかな風に運ばれてきて、ポロシャツから出た腕を撫でた。

一杯目のビールを飲み干してしまうまで、今回のドキュメントについて麻生に話した。一方的な説明だったが、彼女は茹でたての枝豆やソーセージを頬張りながらも、興味深そうに耳を傾けていた。

「実は、転勤が決まりそうなのよ」

とつぜん、麻生がそう言ったのは、二杯目のビールが届いた直後だった。

「転勤ってどこに？」

「福岡」

「福岡？　なんでまた？」

「一応、栄転なのよ」

「ってことは、部長？」

「正式には部長補佐だけどね」

あまりにもとつぜんの報告で、正直、返す言葉が見つからなかった。もちろん喜ぶべき場面なのは分かっていたが、彼女がなりふりかまわず必死に働いてきたのを知っているので、その結果がこういうことなのかと、ふと寂しい気持ちにもなった。もちろん、福岡への栄転が大したことではないと言いたいわけではない。ただ、これまでの彼女の努力には、もっと大きな結果があってもいいような、そんな感じがしただけだ。

「おめでとう。じゃあ、今度は俺がなんかごちそうしなきゃな」

とりあえず、そう言葉を返したが、麻生には言葉よりも俺の表情のほうが伝わっているようだった。

「ところで、最近はどうなの？　仕事じゃなくて、ちゃんと女の子、追いかけてる？」

ぷつんとこの話題を切るように、麻生が声色まで変えてそう言った。

冷えたビールのジョッキから、水滴が一筋流れ落ち、テーブルに敷かれていた紙ナプキンにしみ込んでいく。

「なぁ、半年以上、誰かと付き合ってたとするよな。その場合、相手のことをどれくらい知ってる？」

思わず、そんな質問が口をついて出た。自分でも何を訊こうとしているのか、何を伝えようとしているのか分からなかったが、本当に口が勝手にそう動いた。

「やけに具体的じゃない？」

ビールを一口飲んだ麻生が、呆れたような笑い声を上げる。

「笑い事じゃないんだけどな」

そう呟くと、麻生の表情から笑みが消える。

「それって、精神的なこと、それとも……」

「肉体的って言いたいのか？　それならどっちでもない」

「じゃあ、何？」

「だから、もっとこう具体的なこと。情報というか」

「具体的な情報？　たとえば、年齢とか、親子関係とか、年収とか、そういうこと？」

「そう。どっちかっていうと、そういうこと」

「半年以上付き合ってる彼女がいて、自分がそういうことを何も知らないってことに気づいたわけだ」

「簡単に言うとそうかな」

「具体的に何を知らなかったのよ？」

「……何を知らなかったか、っていうより、何を知ってたかを答えるほうが断然早いよ」

「じゃあ、何を知ってたわけ？」

芝生で行われていた日本舞踊が終わり、客席からパラパラと拍手が起こる。広い芝生にぽつんと立つ和服姿の踊り手が、まるで床の間に飾られた人形のように見える。緩慢な拍手を受けて、踊り手たちが芝生を横切っていく。

青白いライトが芝生を照らしている。もう誰もいなくなった芝生だけが、夜空の下、煌々《こうこう》と輝いている。

何を知っていたのかと尋ねられたまま、黙り込んでしまった俺を見かねたのか、麻生はこちらの返事を待たずに、

「でも、まぁ、みんなそんなもんじゃないの」と話を続けた。

「……うちだってそうだよ。離婚したとたん、元旦那のことなんて、なーんにも分からなくなる。それこそ風の噂で、彼が転職したとか、引っ越したとか、そういうのは耳に入るけど、実際、今、彼に連絡をしたいと思っても、あの実家に電話をかけて、連絡先を訊くしかないんだから」

麻生はそこまで一気に言うと、水滴がしたたるジョッキを持ち上げて一口飲んだ。

麻生が失敗した自分の結婚について愚痴をこぼすところなど見たことがなかった。

もちろん今の言葉が愚痴だとは言えないが、それでも彼女の口からこぼれた、「あの実家」という言葉だけで、さっと目の前に広がる風景がある。

「離婚して何年になる？」と俺は訊いた。

麻生は少し面倒くさそうに指を折り、「もう三年かな」と呟いた。

ビアガーデンを出たのは、まだ八時を回ったばかりのころだった。正面玄関に何台も客待ちのタクシーが並んでいた。

麻生は、「そんじゃね」とその一台に歩き出した。

もちろん、そういう気持ちで飲みに来たわけではなかったが、つい、「もう帰るのか？」とその背中に声をかけた。

振り返った麻生が、わざと驚いた顔をして振り返り、

「やめてよ。これから誘いにくくなるじゃない」と笑う。

タクシーに乗り込む瞬間、

「ところで、番組の放送、いつなの？」と訊かれた。

「今週。……今週の金曜九時」

そう答えたとたん、タクシーのドアは閉まった。走り出したタクシーが篝火《かがりび》を焚いた門のほうへ走っていく。

響子と連絡が取れなくなって、すでに一週間以上が経っていた。もちろん携帯には何通もメールを送っているし、この数日、毎日のように朝方仕事を終わらせると、その足で響子の家を探し歩いている。

さすがに麻生には情けなくて告げられなかったが、出会って半年以上も経つというのに、俺は響子の家を知らずにいたのだ。両親と暮らしているせいもある。こちらから会いたいと言ったことはなかったが、響子から親に会ってくれと言われたこともなかった。向こうが実家で、こちらが一人暮らしなら、自然と会うのは俺のアパートになってしまう。いつか行くこともあるのだろうと、ずっと先延ばしにしていた。行けば、簡単に見つかる家だとなぜかそんな自信があった。

もちろん、響子がどの辺りに住んでいるのかは知っていた。神宮外苑を中心にした下手な地図を描き、描かれた道路をボールペンで伸ばした響子が、自分の家に☆印をつけて教えてくれたこともある。

地図で眺めただけでも、その界隈の風景はすぐに浮かんだ。自転車で通ったことがあるような気もしたし、とにかく描かれなかった響子の家の先まで行けば、明治通りに突き当たる、その辺だろうと知った気になっていた。

だが、行ってみても、見つからなかった。

想像していた風景など、どこにもなかった。

突き当たるはずの道は、明治通りには突き当たらず、いくら路地に並ぶ家々の表札を確かめてみても、響子が暮らす家がなかったのだ。

知っている道だと思っていた。

一度くらい通ったことのある道だと思い込んでいた。

なのに、一度も足を踏み入れたことのない道だけが右に左にのびていた。

連絡がつかなくなった翌々日、仕事帰りに記憶を頼って歩き出した。仕事が終わったのが朝の四時半過ぎで、自転車で千駄ケ谷の駅前に着いたころには、すでに夜も明けていた。

中盤のナレーションで、諏訪と長時間もめたあとだったせいもあり、夏の朝、まだ人気のない通りを自転車で走り抜けるのは気分がよかった。

おふくろからの手紙に何が書かれていたのか具体的には分からなかったが、それが原因で響子が連絡してこないことは間違いなかった。ただ、そんなもの、会えば簡単に解決できると思っていた。

駅前から朝日を浴びた東京体育館を眺めながら自転車を走らせた。通りの先には、出会ったばかりのころ、何度か響子とも来たことのあるモスバーガーがある。

響子が手描きの地図に描かれた道をボールペンで伸ばした道が、この辺りから始まっている。

まだ早朝ということもあり、歩道を歩く人はおらず、車もたまにタクシーが走り抜けていくだけで、まるで街路樹のために作られた街のようだった。

響子が描いてくれた地図では、この辺りから右に曲がり、路地に入る。ただ、同じような路地がいくつか続いている。

最初はこのどこかにあると思っていた。マンションではなく、一軒家だと聞いていたし、一本目の路地に見つからなくても、二本目、三本目には必ず響子の家が見つかると、妙な自信に満ちていた。

だが、一本目の路地に響子の家はなかった。一軒だけ表札のない家があったが、塀を覗き込んでみると、小さな木工所のようになっていた。

二本目の路地は、ほとんどが小さなマンションやアパートで占められていた。数軒、古い一軒家が並んでいたが、そのどれも響子とは別の苗字の表札だった。

三本目の路地で、偶然、新聞配達員の自転車とすれ違った。気の良さそうな若い男だったので、声をかけて尋ねてみたが、「そういう苗字は、この辺では聞いたことがない」とつれなかった。

路地を進んでは曲がり、また進んでは曲がった。絶対にこの辺だと思っていたエリアを蛇行しながら、結局、三往復もした。

すぐに見つかると思っていた響子の家は見つからず、ちらほらと通りにも人が出てくる。二往復目にゴミを出しに出ていた初老の女性が、三往復目には旦那を見送っていた。

朝の六時、徹夜明けの仕事疲れでやつれた男が一人、何度も家の前を自転車で素通りしていれば、さすがに不審に思うのだろう。初老の女性は、歩き出そうとした旦那にちらっと目で合図を送った。

さすがに隠れるわけにもいかず、わざと鼻歌を歌いながら二人の前を通ったが、こちらを見つめる二人の視線は、気持ちのいい夏の朝に似合うものではなかった。

二人の視線から追われるように、その日はそこで切り上げた。実際、長時間の編集作業で疲れ切っていたせいもあるし、ここまでしなくても、いずれ響子からは必ず連絡があるという確信もまだあった。

翌日と翌々日は、ほとんど泊まり込みの作業だった。編集作業を進めて、仮眠を取り、ナレーションを頼んだアナウンサーと打ち合わせ、また仮眠を取って、編集作業の続きを始める。

もちろん何度も響子からのメールがないかチェックした。五回に一度は、〈連絡くれ〉と時間がないながらに短いメールを送った。

「珍しいな。これまで仕事にのってくると、女なんてぜんぜん眼中になかったくせに」

と諏訪にからかわれたが、

「そうだっけ？」

とてきとうに返事をしておいた。

諏訪に言われて気づいたが、たしかにこれまでのことを振り返ってみれば、仕事が忙しくなってくると、女との問題が生じていた。

あと一週間待ってくれればいいのに、さっさと姿を消してしまう女もいれば、あと一時間待ってくれればいいのに、こちらがキレて怒鳴りつけるまで電話やメールで、「いつ終わるのか？」と訊いてくる女もいた。

女たちは「仕事をしながら、自分と会ってくれ」と言った。

それが普通なのだ、と口を尖らせた。

ただ、どんなに頑張ってみても、そんなに器用にはいかなかった。自分が要領が悪いのは分かっているが、それでも、どんなに頑張ってみても、そんなに器用なことはできなかった。

結局、響子の家をつきとめるため、これまでに朝の町を四回ほど探索している。わざわざネットで地図をプリントアウトして、今では調べた道に蛍光ペンで線を引いている。

この辺だと予想していた界隈は、ほとんど三回以上確かめた。範囲を広げて、明治通りまで向かってみた朝もある。

だが、どんな細い路地に入っても、響子の家は見つからない。

〈頼む。返事をくれ。君の家が見つからない。いくら探しても、君の家が見つからないんだ〉

何度か、そんなメールを送ってみたが、響子からの返事はない。

タクシーに乗り込み、篝火のほうへ走り去っていった麻生を見送ったあと、自宅アパートへ向けていた足が、じっとりとした夜風にふと止まった。

屋外でビールを飲んでいたせいもあって、全身に濃い汗をかいていた。シャツが汗ばんだ背中にはりつき、まるでからだが縛られているように感じる。

縛られた縄を振りほどくように、「見つからないわけがない」と一言呟いた。呟いた声が予想に反して、なぜかひどく怒りを含んでいた。

外苑東通りの横断歩道を渡ると、絵画館を取り囲むように広がる林から、湿った土の匂いと、青臭い樹々の匂いが漂ってくる。

東京のど真ん中、林にのびる道路をスピードを上げた車が走り去る。見えるはずもないのに、顔を上げれば満天の星が見えるのではないかと思えるほど、足元は暗い。

道に沿って歩いていくと、響子と出会った公園が右手に見えてくる。すでに閉門された公園の中は、都会のどんなネオンも入り込めず、深閑として闇の中に闇を描いたように見える。

道はU字を描く道の頂点から、青山通りへ繋がるイチョウ並木がのびている。街灯がイチョウの葉々に埋もれ、その辺りだけ青々とした葉を輝かせている。

道なりに進み、神宮球場の敷地に入ろうとすると、スタジアムから地鳴りのような歓声が伝わってくる。

見上げれば、スタジアムの上空だけが、まるで昼間のように明るい。地鳴りのようだった歓声が、今度は明るい夜空から落ちてくるように響く。

敷地に入ると、まだナイトゲームは始まったばかりで、スタジアムを囲む回廊を大勢の観客たちが歩いていた。ヤクルト・スワローズの青いユニフォームを着た子供たちが、応援グッズを扱う売店の前で、背後のスタジアムの歓声を気にしながら、プラスチック製のメガホンを買っている。回廊の所々で開けられた扉から、スタジアムを照らす強いライトが、回廊のほうへも伸びてくる。

外野席へと回ってくる観客たちを避けながら、一人、回廊を逆に歩いた。拡声器を持った若者が、しつこいほど入場口を案内している。この壁の向こう側に、数万人もの観客がいるのかと思うと、南国の安ホテルの天井に無数のヤモリを見つけたときのような、気色悪さを感じる。

まったく野球に興味を失ったのは、いったいいつのころからだったか。子供のころは親父にせがんで巨人の多摩川キャンプへ見学に連れて行ってもらうほどだった。それが今では、テレビのプロ野球ニュースが始まると、チャンネルを変える癖がついている。

回廊を進み、スタジアムの正門まで歩いてきたとき、背後の球場で大きな歓声が上がった。人間の声だと分かっているのに、何か得体の知れない雄叫びのように聞こえた。人間の声が集まっただけなのに、そこに人間の声を聞き分けることができなかった。

思わず振り返った。

振り返った場所がチケット売り場で、窓口にはまだ短い列があった。短い列を目で追って、また歩き出そうとした瞬間、ぽっかりと口を開けたような明るい内野席側の入場口に、ふっと吸い込まれるように入っていった女の姿が目につく。

すでに歩きかけていた足を止め、バランスを崩しそうになりながらも、再び入場口へ顔を向けた。明るい光の中へ、その女が消えていく。

間違いなく響子だった。

いや、響子のような気がした。

響子にしか見えなかったし、響子にも見えた。

気がつくと、入場口のほうへ走り出していた。ＪＩＮＧＵと胸に書かれたＴシャツ姿の若者が、チケットも持たずに中へ入ろうとする俺を止める。

「響子！　響子！」

観客席へと繋がる階段を、女がゆっくりと上がっていく。

腕を摑んだ二人の若者が、「ちょ、ちょっと。な、なんですか！」と必死に押し返そうとする。互いに汗ばんでいて、若者の手のひらが自分の腕で滑る。ぬるぬるした感覚がいっそう気持ちを苛立たせる。

「響子！」

もう一度、そう叫んだ瞬間に、女の後ろ姿が見えなくなった。階段には別の客が数名立ち止まり、係員に押さえ込まれた俺のほうを眺めている。

「響子！」

もう一度、叫んでみたが、声がかすれて出てこない。

「は、入るなら、チケット……」

腕を摑んだ汗臭い若者にそう言われ、ふっとからだから力が抜けた。気がつけば、横には制服を着た警備員まで立っている。

「す、すいません。ちょっと待ち合わせしてた人が、先に入ってしまったんで……」

機転をきかせて答えると、同じように息を弾ませた若者が、「だ、だったら、チケットを」とさっきと同じことを繰り返す。

ここで不審者だと判断されたら、もう中へは入れない。俺は大きく深呼吸した。夏の湿った空気を吸い込むと、どっと汗が流れ出た。若者に摑まれていた腕が火照るように熱かった。

とりあえずその場を離れ、チケット売り場の短い列に並んだ。ずっと警備員たちが監視しているのが分かったので、わざわざ携帯電話を耳にあて、いかにも先に中へ入った誰かと連絡を取り合っているようなふりをした。

残っていたのは外野席だった。ただ、チケットを持って入場口へ向かうと、こちらと同じように額に汗を浮かべたままの係員二人は、入口が違うとは言わず、

「こちらからだと、少し遠回りになりますよ」

とは言いながらも、すんなりとゲートを通してくれた。

薄暗い階段を上がった通路の先から歓声が響いてくる。通路を出た瞬間、一気に視界がひらけた。ぽっかりと開いた通路の向こうに、ライトを浴びた美しいグラウンドが見える。

眩《まぶ》しいほどのライトが、芝生を照らし、白線を照らし、グラウンドに散っている選手たちを照らしている。

とつぜん、背後から雪崩《なだれ》落ちてくるような歓声が聞こえた。振り返ると、勾配の急な観客席に無数の人の顔が並んでいる。

一瞬、呆気にとられた。

強いライトを浴びた無数の顔が、汗ばみ、殺気立っているように見える。

当たり前といえば当たり前なのだが、どれ一つを取っても、同じ顔がなかった。これだけの顔があれば、一つくらい似たようなものがあってもよさそうなものなのに、一つ一つがまったく違っていて、不気味だった。

ときどき歓声は起こるが、不思議とシンと静まっている時間が多かった。目の前にこれだけの人間がいるのに、まるで音が夜空に呑み込まれたようになる。耳がおかしくなったのかと思うほど、目の前に広がる景色と、耳に入ってくる音量にギャップがある。

強いライトを浴びた通路を歩き出すと、足元をいくつかの自分の影がついてきた。濃い影が薄くなり、また別の影が濃くなる。

響子らしき女性を追ってここまで来たのに、この中から彼女を探すのは間違いなく不可能だった。これだけの知らない人間の中、たった一人の知り合いを探し出すのは不可能だった。その前に自分自身がこの集団に呑み込まれてしまう。知らない人間の中に紛れた自分は、きっと自分でも探し出せない。

ほとんど直感的に響子を探し出すのを諦めていた。諦めてみると、さっきちらっと見た女性が響子ではなかったように思えてくる。いや、響子でなかったように思えてくるのではなくて、最初から響子ではないと分かっていながら、こんなところへ紛れ込んできたような気がする。

試合などまったく見る気はなかったが、ライトに照らされたグラウンドが美しかった。いつの間にか、シートも探さずにその場に立ち尽くし、しばらくじっと眺めていた。

　試合の途中で球場を出て、アパートへ戻った。

　当初はまた響子の家を探しに行くつもりだったのだが、もう行っても見つからないような気がして、どうしても足が向かなかった。

　あとになって考えてみれば、実はそれほど響子に似てもいなかった女を追って、神宮球場の大観衆の中へ紛れ込んだ自分がおかしかった。

　アパートへ戻ると、携帯に諏訪から連絡が入った。球場で汗をかいていたので、シャワーを浴びようとすでにパンツ一枚になっていた。一瞬、後回しにしようかと思ったが、何か急用かもしれないと出てみると、

「もしもし、もう家か？」

　と弾むような声が聞こえる。

　つい数時間前に徹夜で編集作業を終わらせたばかりにしては、声に力が漲っている。

「ああ、これからシャワー浴びて、寝るとこ」

　無愛想に答えた。

「ふーん。しかし、お前って奴はついてるよなぁ」

急に話を変えられて、正直、何かの聞き違えかと思った。

「は？」

「は？　じゃねぇよ。さっき、局長が来たぞ」

「局長が？　な、なんで？」

「知らないよ。なんかどっかの会議で、今回の番組を聞きつけたらしいよ」

「局長が？」

「ああ。で、『すぐに見せろ』って言うから、試写室借りてさっき見せたんだけど、かなり気に入ってたみたいでさ……」

この辺りで妙に機嫌の良い諏訪の声の理由が分かってきた。

「気に入ったみたいで、なんだよ？」

「驚くなよ」

「気に入ってくれたんだろ？　だったら別に平気だよ」

「これ、シリーズものにしろって」

「え？」

一瞬、鏡に映るパンツ一枚の自分と目が合った。期待していたのは、局長の褒め言葉であって、それ以上のものではなかった。

「だからこのバーミヤンから9・11までを全五回でシリーズにしろってよ。もちろん完成後のDVD発売も視野に入れて」

自分が何を耳にしているのかは分かっていたが、正直、言葉が出なかった。

「おい？ どうした。聞こえてんのか？」

笑いをかみ殺すようにして、諏訪が訊いてくる。

「あ、ああ。聞いてるよ」

「でな、これはまだ本決まりじゃないんだろうけど、たぶん、今度の異動でお前、また報道に戻れそうだぞ」

「え？」

「いや、だから古巣に戻ってこれそうだって。また俺と机並べてお仕事だよ」

「そ、それ、局長が言ったのか？」

「まだ、言うわけないだろ。ただ、『となると、掛け持ちじゃ無理だな』とははっきり言ってた」

放送まであと丸三日しかなかった。明日は休むつもりでいたのだが、諏訪に言われなくとも、休む時間などないことは分かった。

諏訪の知らせを喜んでいるはずなのに、なぜか素直に喜べなかった。やっと自分のやりたいことが思う存分できる部署へ戻れるというのに、目に浮かんでくるのは、ついさっき圧倒された神宮球場の観客席だった。

「とにかく、シリーズにするとなれば、多少タイトルなんか変えなきゃならないだろ?」

諏訪がわざと面倒くさそうな声を出す。

「そうだな。明日、お前、休むつもりか?」

「休めると思うか?」

「だよな。じゃあ、とりあえず一〇時ごろから打ち合わせして、できれば明日中にいろんなところに注文出したほうがいいな」

諏訪からの電話を切ると、しばらく鏡に映った自分を眺めた。

喜んでいるはずなのに、鏡に映った自分の顔は、どこか不安そうだった。眺めれば眺めるほど、なぜか鏡の中に神宮球場で見た無数の観客たちの顔が、まるで模様のように浮き出してきた。

あれはいつのころだったか、響子と近所のスーパーに夕食用の食材を買いに行った帰り、三毛猫があとをついてきたことがある。

俺は無視してエントランスに入ろうとしたのだが、響子は立ちどまり、ついてきた三毛猫にスーパーで買ってきたハムを千切って与えた。

正直、どこか偽善的な感じがして、いい気分じゃなかった。ただ、その後、部屋に戻った響子から、「あの猫が神様の化身じゃないとは言い切れないでしょ。注意しとかないと、どこで神様に会うか分かったもんじゃないんだから」という、冗談なのか本気なのか、よく分からないことを言われた。

そのときは、さほど気にもしなかったのだが、なぜかあれ以来、ちょくちょくこの響子の言葉を思い出すことがある。

どこで神様に会うか分かったもんじゃない。

翌日、局長からシリーズ化の正式な話があった。

好きな女ととつぜん連絡が取れなくなった。理由も告げず、いなくなった。それなのにこうやって普通に出勤し、仕事をしている自分が、普通の人間なのか、特殊な人間なのかが分からない。

実際、他の男ならどうするのか知りたかった。

これが妻であれば、会社を休むのだろうか。休んで、見つかるまで、必死に探し歩くのだろうか。まだ恋人だから、俺は休まず出勤しているのか。

映画やドラマなら、こんなクライマックスで、主人公は絶対にこんな風に普通に出勤などしない。

「じゃあ、とりあえず今回は単独のタイトルだな。シリーズタイトルは後日考えたほうがいいよ。今日、明日で安易につけて変更できなくなるほうが恐いしな」

局長室を出て、廊下を歩きながら、諏訪が話しかけてくる。

「昨日さ、神宮球場に行ったんだよ」

唐突に話を変えたせいか、諏訪が一瞬足を止め、俺の顔を覗き込んでくる。

「神宮？　ヤクルト戦？」

「ん？　あ、ああ」

「お前、野球に興味ないって言ってなかったか？」

諏訪は何事もなかったかのようにまた歩き出す。

「あれ、どれくらい入るんだろうな、人」

「神宮？……さぁ、何万単位じゃねぇの」

「これまでもああいう場所に行ったことがないわけじゃないんだけどさ、昨日から妙な感覚なんだよ」

「妙な感覚？」

「ああ、なんていうか、あの中に紛れ込んだまま抜け出せないっていうか……」

また足を止めた諏訪が、首を傾げながら振り返り、真っすぐに俺の顔を見る。

「何、言ってんだよ、お前。徹夜続きでイカれたか？」

数秒続いた沈黙のあと、諏訪は冗談だと判断したらしく、そう言ってゲラゲラと笑い出した。

「あの中にさ、もし神様がいたとして、お前、見つけ出す自信あるか？」

自分でも何を言いたいのか分からなかった。ただ、勝手に口が動いてしまう。

「神様？　なんの神様だよ？」

「なんのって……、普通の」

「普通の神様？　なんだ、それ」

「だから、もしだよ、もしもの話」

「何がもしも、だよ？」

これ以上曲がらないくらい諏訪は首を傾げていた。

「お前、大丈夫か？」

そう尋ねてくる諏訪の顔は笑っているが、目だけが笑っていない。

「俺たちが作った番組、ちゃんと伝わるかな？　ちゃんと見てくれる人たちに伝わるのかな？」

用意していたわけでもないのに、そんな言葉が口からこぼれた。

「心配すんなって。こんだけ前評判がいい番組なんて、これまでなかったろ？　あれだよ、今回、あんまり評判がいいんで、それでお前、ナーバスになってんだよ」

諏訪はそう言うと、何もかも分かったように、頷きながら廊下を歩いていった。

諏訪が感じとったことと、自分が言いたかったことが、まったくズレているのは分かっていた。ただ、それがどのようにズレているのか、いやもっと言えば、自分が何を言いたかったのか、どうしても言葉にできなかった。

とつぜん目にした無数の顔。

強いライトに浮かび上がった無数の観客たちの顔。

言葉にしようとしても、浮かんでくるのはその光景で、いっこうに言葉になってくれない。

実家のおふくろから、携帯に連絡が入ったのは、放送を控えた日の夕方だった。すでに準備は万端だったが、やはり自分が制作した番組というのは、エンドロールがきちんと流れ終わるまで、張りつめた緊張はとけない。

電話が鳴ったのは、ちょうど地下の社員食堂でタバコを買っているときだった。夕方の食堂に人影はまばらで、「もしもし」と普通に出した声が、だだっ広い空間の隅々まで響いた。

「ごめんね、仕事中に」

聞こえてきたおふくろの声に、「なんだよ?」と突《つ》っ慳貪《けんどん》な言葉を返す。

響子がとつぜん連絡を断った原因が、おふくろの手紙にあったことは間違いなく、それがいわゆる普通の手紙だったとしても、正直、今は声を聞くだけで腹が立ってくる。

「そんなに冷たくしないでよ。お母さん、手紙のこと、ちゃんと謝ったでしょ？　それにね、こうなったら何度でも言うけど、響子さんを批難するようなこと、一切書いてないですからね！」

だから、本人がそう思ってても、受け取った……。

言い返したいことはいくらでもあったが、早く電話を切りたいという気持ちが勝った。

「で？　なんだよ？　これから会議なんだよ」

適当に嘘をつくと、ひと呼吸、間をあけたおふくろが、

「あのね、さっき響子さんからお手紙が届いたのよ」と言う。

「え？」

「いや、だから響子さんからお手紙が」

「そっちに？　なんでそっちに？」

「なんでって、私に宛てた手紙だもの」

「おふくろに？　なんで？」

「なんでって……」

知らぬ間に声が大きくなっていた。近くで素うどんを啜っていた女性が、こちらを気遣って啜る音を小さくしているのが分かる。

とりあえず食堂を出て、エレベーターホールに出た。幸い、窓際のベンチには人がいない。

「手紙って、どんな手紙だよ？」

誰もいないエレベーターホールで、改めておふくろに尋ねると、

「今、読み上げるの？」と面倒臭そうな声を出す。

「ああ、読み上げてくれよ」

すぐにそう答えたが、もしも自分のことが書かれていた場合、それをおふくろの口から聞くのは気恥ずかしく、「いや、要点だけでいいよ」と言い直した。

「本当に私に宛てられた手紙なのよ。この前の食事の御礼とか、いろいろ……」

「それだけ？」

「いえ、それだけってこともないんだけど……、あのね、原因は私の手紙じゃないからって、書いてある」

「え？　何？」

「だから、響子さんがいなくなったのは、私が送った手紙のせいじゃないからって、それを伝えたくて、私にこの手紙を書いてるって」

「じゃ、じゃあ、何が原因なんだよ？」

「そんなの知らないわよ。ただ、本当に私の手紙のせいじゃないからって……、これ、本当よ。もしあれだったら、証拠として会社にファックスしてもいいからね」

一瞬、本気でファックスしてもらおうかと思ったが、実際、それ以上のことが書いてあるとも思えなかった。

結局、おふくろはさほど長くもない手紙を電話口で読み上げてくれた。簡単に言ってしまえば、先日の夕食への招待と、おふくろが送ったらしい手紙への御礼がメインで、最後に、その手紙が理由ではないと俊平さんに伝えてほしい、と書かれてあった。

電話を切ると、不思議とほっと安心している自分に気づいた。無理に考えまいとしていたが、ずっと心の中には、もしも響子が事件か事故に巻き込まれていたとしたら、という想像が消えずに残っていた。

ただ、これで決定的にその線が消え、残ったのは響子と連絡が取れないという現実だけになる。

そこまで考えて、ふとあることに気づいておふくろに電話をかけ直した。すぐに電話に出たおふくろに、

「差出人の欄に住所ないか？」と尋ねると、

「住所？　あるわよ。あら、あんた知らなかったの？」と呆れた声を出す。

思わず膝から力が抜けて、そばにあったソファに座り込んだ。早速読み上げようとするおふくろを制し、慌ててポケットからペンとメモ帳を取り出した。

読み上げるままに書いた。書き終えた住所は、やはりこの数日歩き回っていた界隈のものだった。

すぐにでも響子の家へ向かいたかったが、さすがに放送を控えた今、外出するのは憚られた。ただ、部署に戻るとすぐに地図を棚から取り出した。家屋の形まで正確に記されている地図で、メモに書いた住所を確認すると、やはりこの数日、歩き回った道沿いに、響子の家はあった。どうしてこれが見つからなかったのか不思議なくらい

だった。わざとこの家だけを見過ごして、何度も歩いていたとしか思えないほど、響子の家の前を、何度も素通りしていた。

直接、会いに行ったほうがいいのだろうと思ったが、待ち切れなかった。ポケットから携帯を取り出すと、

〈やっと、君の家、見つけたよ。今度こそ、会いに行くから。今夜は番組の放送があって無理だけど、明日、必ず会いに行くから〉

と書いてメールを送った。

何の問題も起こらず放送が無事に終わり、諏訪と缶ビールで乾杯してから、一人アパートへ戻った。

響子からの返事はない。よほどこれから向かおうかとも思ったが、寝不足で立て続けにあけた缶ビールが効いていて、ベッドに寝転がると、ついうとうとしてしまった。正確な住所を手に入れて、どこか安心もしていたのだと思う。

目を閉じると、諏訪と放送を見ながら交わした言葉が浮かんでは消えた。この半年、そのほとんどの時間を割いて作った番組だった。出来には満足していたが、これが視

聴者にどの程度伝わるのか、どの程度視聴者を鼓舞できるのか、気がつくと、二人でそんな会話を交わしていた。

二人して興奮していたせいもある。まるで自分たちがこの番組で何か大きなものを動かそうとしているかのような口ぶりだった。

「中途半端な気持ちで、俺ら、この番組を作ったわけじゃないよな」

「これを見た人に気づいてほしいよな。自分たちが何を知らずにいたのか」

もうどちらが何を喋ったのか覚えていなかったが、そんな言葉が次々に浮かんでは消えた。

ふと、それらの会話を、どこかで聞いたことがあったような気がした。内容はまったく同じではないのだが、どこか似たようなことを、誰かに告げたような気がして仕方なかった。

しばらく思い出そうと努力してみたが、結局思い出せなかった。諦めて、少し眠ろうとした。その瞬間、思わず「あっ」と声が漏れた。

すぐにベッドから起き上がると、クローゼットを開けて、中に置かれた棚の引き出しを開けた。

メモはまだ残っていた。

以前、響子に一緒に暮らしたいと告白したときのメモだった。結局、断られ、恥ずかしさもあって、一度はゴミ箱に捨てたのだが、響子が帰宅したあと、なぜか拾い上げて取っておいた。

隠しておくつもりもなかった。

取っておきたいと思っていたわけでもない。

ただ、捨てられずに、こんなところにしまい込んでしまった数枚のメモだった。

「ここで一緒に暮らしたい」

「中途半端な気持ちじゃない」

「君を守りたいなんて、傲慢なことを思っているわけでもない」

「君の苦しみを理解できるとも思えない」

「君を幸せにする自信もない」

「でも」

「そばにいてほしい」

「何もできないかもしれないけど」

「何の役にも立たないかもしれないけど」

「俺のそばにいてほしい」

メモにはそんな言葉が乱暴な字で走り書きされている。

この言葉の、何が、諏訪との会話に繋がるのか分からなかったが、間違いなく、どこかで聞いたことがあると思ったのは、このメモの内容だった。

メモを読み終わると、なぜか神宮球場の光景がまた目に浮かんだ。無数の顔が並んだ観客席が、この狭い寝室に押し寄せてくるような迫力だった。

伝えたいことがあった。

知ってほしいことがあった。

誰に。

伝えたくて番組を作った。

知ってほしくて番組を作った。

誰に。

メールの着信音が鳴ったのは、そのときだった。

思わず、手にしたメモを握りしめた。ベッドに飛び乗って、サイドテーブルの上の携帯を見ると、表示に響子の名前がある。

〈連絡できなくてごめんなさい。明日、私がそっちに行くから。何時ごろならいる？〉

そう書かれてあった。

一週間以上も連絡を寄越さなかったのに、送られてきた内容が、あまりにも簡単で、これまで自分が送り続けていたメールを思い返し、急に気恥ずかしくなった。

〈明日は代休取るから、一日中家にいる〉

そう打って、送信した。

すぐに返信がくる。

〈分かった。じゃあ、夕方四時ごろ行くね〉

たかがこれだけのメールを交換しただけなのに、この一週間以上ずっと張りつめていた気持ちが、ぷつんと切れた。安心したといえば聞こえはいいが、力が抜けたとも言えなくなかった。

〈待ってる〉

そう書いて返信しようとしていると、先に響子からメールが届いた。

〈一つ訊いていい？〉

送られてきたメールにはそう書かれてあった。

前に書いた文字を消して、〈いいよ〉と送った。

〈私の家が見つからなくて、探してるとき、どんな気持ちだった？〉

すぐに響子からのメールが送られてくる。

〈不安だった〉

と書いて、消した。

〈絶対に見つかると思ってた〉

と書いて、また消した。

〈途中から自分が何を見つけようとしてるのか分からなくなった〉

と書いた。

読み返して、送ろうとした。が、送信ボタンを押す指が止まった。

なぜかまた、神宮球場の光景が目に浮かんだ。強いライトを浴びた無数の観客たちの顔が蘇った。いくら考えても、なんでこの光景が浮かんでくるのか分からなかった。

〈途中から自分が何を見つけようとしてるのか分からなくなった〉

手元にはそう書かれた文面が残っていた。

自然に指が動いて、すべての文字を削除した。気がつくと、〈会いたい〉とそこに打ち込んでいた。それ以上、何も言葉が浮かんでこなかった。

解説

宇垣美里

私は私の大切な人のことをどこまで知っているのだろうか。いや、どこまで知っているつもりだったのだろうか。大切な人の誕生日や血液型や、好きな食べ物は知っている。ふとした時に出る口癖も、お気に入りの映画も。でも、私は親の親友を知らない。兄弟の上司を知らない。友人の実家を知らない。国を愛せど自分の住む地域の区長の名を知らず、海外旅行を趣味としながらさっき買い物をしたコンビニの店員さんがどこの国から来たのか疑問に思ったこともなく、アフリカにルーツを持つ友人や同性愛者の友人たちの悩みや苦しみを分かったつもりになったことなど一度もない。

この世には知ってるつもりでまるで知らなかったことのなんと多いことか。というか、知ってるって、何だ。読後冷や汗と共に湧いてきたその疑問の答えを、私はまだ見つけられていない。

本作『静かな爆弾』はテレビ局に勤める早川俊平《はやかわしゅんぺい》が、ある日公園で聴覚にハンディキャップを負っている響子《きょうこ》と出会うところから物語がスタートする。この出会いが本当に美しく、他者と出会う事の不思議さと愛おしさに溢れている。俊平がまるで額縁の中の絵のようだったと語るそのままに、耳が聞こえない、ということをストレートに表現するでもなく、そのことに俊平が気づく様子を入れるでもなく、音のない世界の中でより一層鮮やかに感じられるマフラーの白、腰掛けた岩の冷たさ、木洩れ日の柔らかさと踏みしめた土の湿度の描写がぶわっと感覚に訴えかけてくる。二人の出会いはあまりにも自然でさりげなく、日常的な一コマの中でときめき惹《ひ》かれゆく過程が情緒的でありながら淡々とした筆致で丁寧に染み入るように描かれていて、思わずうっとりしてしまった。

　出会う人によって見える景色はがらりと変わるものだけれど、響子との出会いは俊平にとってまさしく未知との遭遇だ。〝世の中の全てがこっそりと近づいてくる〟響子の世界を知っていく中で、やがて俊平は自分の世界と響子の生きる世界がまったく別のものだと実感していくことになる。部屋に響子をひとり残したばっかりに怖い思いをさせてしまい、「俺は、まだあなたの世界を理解していなかった。理解していると思い込んでいただけだ、ちょっと想像すれば分かったのに、それができなかった……」と深く後悔する一方で、音のない部屋で音の出ないテレビを熱心に見つめ、すぐ後ろで起こる喧噪にも気づかず微笑む響子のあまりの静けさに恐怖すら感じる。異世界に足を踏み入れ、そのギャップを垣間見たときの戸惑いと理解しきれなさが痛い。伝えたいことがあるのにも関わらず伝えきることなんてできない、言葉のもどかしさをこれでもかというばかりに突き付けられるようだ。

「言葉でできていない質問というものが、この世にはないのだ」

けれどその断絶や絶望は、響子の耳が聞こえないということのみで生まれるものだろうか？

やがて自身の手がけるタリバンのバーミヤン遺跡大仏爆破についてのドキュメント番組の取材が佳境に入る中で、多忙を極める俊平は響子を顧みなくなり、いくつものすれちがいが発生するようになる。

「君を守りたいなんて、傲慢なことを思っているわけでもない」

「君の苦しみを理解できるとも思えない」

「でも」

「何もできないかもしれないけど」

「俺のそばにいてほしい」

小さなメモ帳に書きなぐった、あの言葉に嘘はなかったはずなのに。


かつてテレビ局で働いていた人間として、筆舌に尽くしがたい忙しさや予定の不確定さはよく分かる。その一方で、忙しいを理由に人間との交流を疎かにするやつに大成するやつはいないな、と厳しく考えてしまったのは私が響子に肩入れしすぎているからかもしれない。電話する時間すらないことも、寝る時間がなくてフラフラだったこともあったけど、結局は限りある時間の中での取捨選択だ。俊平は甘えたのだ。せっかくの見送りにきてくれたのに一度も振り返らなくとも、連絡をしなくても、響子は許してくれると。そしてそのことを言葉にしなかった。


何がどうなろうとしているのか分かっていたのに、楽観的な気持ちの方を信じて、声を上げなかったのは誰か。

大丈夫だと思う気持ちはどこからくるのか。

大丈夫だと思いたい気持ちはどこからくるのか。

大丈夫だと思えない気持ちは、いったいどこへ行ってしまったのか。

なぜ仏像が爆破されてしまったのかと考えるうちにたどり着いたその疑問を、俊平はどうして己と響子の関係の中に置き換えることはできなかったのだろう。

愚かだなと考える一方で痛む腹がないとは言い切れない。私は何度忙しさを理由に自分に近くて大切な人のことを軽《かろ》んじ蔑《ないがし》ろにしてきたことか。そして思っていたように許されなかった時、さも裏切られたかのような、とんでもない被害者面をしてそれ以上に相手を傷つけてきたことか。自分が何を知ったつもりで知らずにいたのか、人はそのことを失ってから初めて己の無関心と無知に気づく。

そしてそれはこの想いは伝わっているのだろうか？　という悩みへと移行する。

他者に己の想いを伝えることはあまりにも難しい。気持ちを言葉に変換する道のりで生まれる齟齬《そご》や失われる温度。勢いのままに放たれた言葉は本当に伝えたかったことはあまりにもかけ離れていて、泣いてしまいそうになる。人と人は似たようなみてくれをしていても、それぞれがみんな違っていて、そんな違う存在である相手を涙を流さずに理解しきることなど土台無理と言えるだろう。吉田修一はそんな人と人との関係性の希薄さ、人の中に潜む酷薄さを必要最低限の言葉で表現してみせる。踏み込んで想いを伝えないと理解されないし理解しきれないことが分かっていながら、その絶望を胸に距離を保って共に生きることを選ぶ軽さ、みたいなものを静かに、とことん描く。

静かな爆弾がそこにあるのを知っていながら、ずっとずっと見ないふりをしているうちに貴重な大仏は破壊され、響子は消えた。物語は終始俊平の目線で描かれていて、響子の心の動きは分からないままだ。彼女は何に絶望し何にほだされ、最後にはどの道を選ぶのだろう。どの道もきっと信念に基づくものだろうと思わせる魅力が、彼女にはある。

自分すら分からない気持ちを、見えてるつもりで見えていない、分かっているつもりで分かり切れてはいないない相容れない他者に、どうやって伝えればいいのだろう。連絡の取れない響子にどうしても自分の想いを伝えたいと、俊平が何度も彼女の家を探して同じ町を自転車で巡り続けるように、何度も何度も同じことを手を変え品を変え、伝え続けていくしかないのだろう。それすら伝わっているかなんて分からない。私がここまで綴《つづ》った言葉も、今読んでいる貴方《あなた》にまっすぐに伝わっているとは思っていない。響子と俊平がこの後もう一度手を取り合うかは、誰にも分からない。だけど、本作を読んでずっと心の中に漂っているこの寄る辺なさは、ずっと持っていたい。寄る辺がないということを、ずっと忘れずにいたい。私もあなたも、きっとずっと何も知らないままで。ずっとひとりぼっちだ。でもなぜだろう、そのことを突きつけられると、私はひどく安心してしまうのだ。

（うがき・みさと　フリーアナウンサー）

本書は『静かな爆弾』（二〇一一年三月刊、中公文庫）
に解説を加え、改版・新装したものです。

中公文庫

新装版《しんそうばん》
静《しず》かな爆弾《ばくだん》

2011年 3 月25日　初版発行
2022年 2 月25日　改版発行

著　者　吉《よし》 田《だ》 修一《しゅういち》

発行者　松 田 陽 三

発行所　中央公論新社
〒100-8152　東京都千代田区大手町 1-7-1
電話　販売 03-5299-1730　編集 03-5299-1890
URL https://www.chuko.co.jp/

DTP　嵐下英治
印　刷　大日本印刷
製　本　大日本印刷

Published by CHUOKORON-SHINSHA, INC.
Printed in Japan　ISBN978-4-12-207185-8 C1193

各書目の下段の数字はISBNコードです。978－4－12が省略してあります。

中公文庫既刊より

よ-43-2
怒り（上）　吉田修一
逃亡する殺人犯・山神はどこに？　房総の港町で暮らす愛子、東京で広告の仕事をする優馬、沖縄の離島へ引越した泉の前に、それぞれ前歴不詳の男が現れる。
206213-9

よ-43-3
怒り（下）　吉田修一
田代が偽名を使っていると知った愛子、知らない女とカフェにいる直人を見た優馬、田中が残したものを発見した泉。三つの愛の運命は？　衝撃のラスト。
206214-6

か-61-1
愛してるなんていうわけないだろ　角田光代
時間を気にせず靴を履き、いつでも自由な夜の中に飛び出していけるよう…好きな人のもとへ、タクシーをぶっ飛ばすのだ！　エッセイデビュー作の復刊。
203611-6

か-61-2
夜をゆく飛行機　角田光代
谷島酒店の四女里々子には「ぴょん吉」と名付けた弟がいて……うとましいけれど憎めない、古ぼけてるから懐かしい家族の日々を温かに描く長篇小説。
205146-1

か-61-3
八日目の蟬《せみ》　角田光代
逃げて、逃げて、逃げのびたら、私はあなたの母になれるだろうか……。心ゆさぶるラストまで息もつがせぬ傑作長編。第二回中央公論文芸賞受賞作。〈解説〉池澤夏樹
205425-7

か-61-4
月と雷　角田光代
幼い頃暮らしをともにした見知らぬ女と男の子。再び現れたふたりを前に、泰子の今のしあわせが揺らいで……偶然がもたらす人生の変転を描く長編小説。
206120-0

か-30-1
美しさと哀しみと　川端康成
京都を舞台に、日本画家上野音子、その若い弟子けい子、作家大木年雄の綾なす愛の色模様。哀しさの極みに開く官能美の長篇名作。〈解説〉山本健吉
200020-9